共和国故事

开拓创新

——中国科学技术体制改革稳步推进

何 森 编写

吉林出版集团股份有限公司

图书在版编目（CIP）数据

开拓创新：中国科学技术体制改革稳步推进/何森编. —长春：吉林出版集团股份有限公司，2009.12

（共和国故事）

ISBN 978-7-5463-1808-0

Ⅰ．①开… Ⅱ．①何… Ⅲ．①纪实文学–中国–当代 Ⅳ．①I25

中国版本图书馆 CIP 数据核字（2009）第 236769 号

开拓创新——中国科学技术体制改革稳步推进

KAITUO CHUANGXIN　ZHONGGUO KEXUE JISHU TIZHI GAIGE WENBU TUIJIN

编写	何森
责任编辑	祖航　李婷婷
出版发行	吉林出版集团股份有限公司
印刷	三河市嵩川印刷有限公司
版次	2010 年 1 月第 1 版　　2022 年 1 月第 10 次印刷
开本	710mm×1000mm　1/16　　印张 8　字数 69 千
书号	ISBN 978-7-5463-1808-0　　定价 29.80 元
社址	吉林省长春市福祉大路 5788 号
电话	0431–81629968
电子邮箱	tuzi8818@126.com

版权所有　翻印必究

如有印装质量问题，请寄本社退换

前　言

　　自1949年10月1日中华人民共和国成立至今,新中国已走过了60年的风雨历程。历史是一面镜子,我们可以从多视角、多侧面对其进行解读。然而有一点是可以肯定的,那就是,半个多世纪以来,在中国共产党的领导下,中国的政治、经济、军事、外交、文化、教育、科技、社会、民生等领域,都发生了深刻的变化,中国人民站起来了,中华民族已屹立于世界民族之林。

　　60年是短暂的,但这60年带给中国的却是极不平凡的。60年的神州大地经历了沧桑巨变。从开国大典到60年国庆盛典,从经济战线上的三大战役到经济总量居世界第三位,从对农业、手工业、资本主义工商业的三大改造到社会主义市场经济体制的基本确立,从宜将剩勇追穷寇到建立了强大的国防军,从废除一切不平等条约到独立自主的和平外交政策,从"双百"方针到体制改革后的文化事业欣欣向荣,从扫除文盲到实施科教兴国战略建设新型国家,从翻身解放到实现小康社会,凡此种种,中国人民在每个领域无不留下发展的足迹,写就不朽的诗篇。

　　60年的时间在历史的长河中可谓沧海一粟。其间究竟发生了些什么,怎样发生的,过程怎样,结果如何,却非人人都清楚知道的。对此,亲身经历者或可鲜活如昨,但对后来者来说却可能只是一个概念,对某段历史的记忆影像或不存在,或是模糊的。基于此,为了让年轻人,特别是青少年永远铭记共和国这段不朽的历史,我们推出了这套《共和国故事》。

《共和国故事》虽为故事,但却与戏说无关,我们不过是想借助通俗、富于感染力的文字记录这段历史。在丛书的谋篇布局上,我们尽量选取各个时代具有代表性或深具普遍意义的若干事件加以叙述,使其能反映共和国发展的全景和脉络。为了使题目的设置不至于因大而空,我们着眼于每一重大历史事件的缘起、过程、结局、时间、地点、人物等,抓住点滴和些许小事,力求通透。

历史是复杂的,事态的发展因素也是多方面的。由于叙述者的视角、文化构成不同,对事件的认知或有不足,但这不会影响我们对整个历史事件的判断和思考,至于它能否清晰地表达出我们编辑这套书的本意,那只能交给读者去评判了。

这套丛书可谓是一部书写红色记忆的读物,它对于了解共和国的历史、中国共产党的英明领导和中国人民的伟大实践都是不可或缺的。同时,这套丛书又是一套普及性读物,既针对重点阅读人群,也适宜在全民中推广。相信它必将在我国开展的全民阅读活动中发挥大的作用,成为装备中小学图书馆、农家书屋、社区书屋、机关及企事业单位职工图书室、连队图书室等的重点选择对象。

编　者
2010 年 1 月

目录

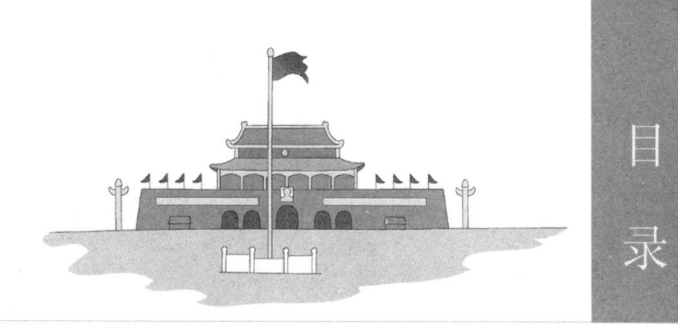

一、酝酿改革

邓小平提出科技改革初步设想/002

邓小平提出科学技术是生产力/008

胡耀邦发出向科学进军号召/019

二、全面启动

中央制定国家科技攻关计划/026

中央召开全国科技工作会议/029

实施促进地方经济发展的"星火计划"/038

实施发展高新科技的"863计划"/054

实施促进高新技术产业化的"火炬计划"/063

全面掀起科技体制改革高潮/067

三、深化发展

中央要求加快科技体制改革/074

科技法规制定与科教兴国战略/080

"973计划"实施与知识创新工程/085

中央召开全国技术创新大会/093

颁发国家科技奖与颁布科技普及法/097

建设国家科技基础条件平台/103

目录

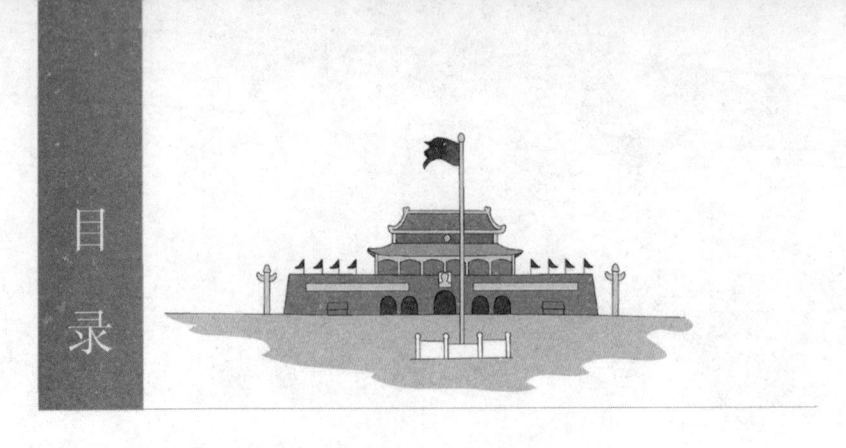

胡锦涛提出建设创新型国家战略/106
推出科技体制综合改革试点/112

一、酝酿改革

● 邓小平说:"科学研究机构要建立技术责任制,实行党委领导下的所长负责制。这是重要的组织措施。"

邓小平提出科技改革初步设想

1977年8月4日，在北京人民大会堂，全国科教工作座谈会开始召开。

这次座谈会是由邓小平提议召开的，他亲自主持了这次座谈会。

被邀请到会的中国科学院系统的科学家是长春光学精密机械研究所的王大珩、数学所的吴文俊、声学所的马大猷、化学所的钱人元、物理所的郝柏林、生物物理所的邹承鲁、地理所的黄秉维、大气所的叶笃正、半导体所的王守武、上海硅酸盐所的严东生、地质所的张文佑、上海有机所的汪猷、计算技术所的许空时和高庆狮、中国科技大学的温元凯。

其他的与会者主要来自高等院校、中国农林科学院和中国医学科学院。

这个名单体现了邓小平所期待的科学家队伍的老中青，特别是中青年的构成。

根据邓小平的指示，会议组织者对来京的科学家和教授的生活起居作了周到的安排，特地派专车接送已经70多岁的苏步青教授、杨石先教授和金善宝教授。

8月4日，明亮的阳光透过高大的玻璃窗，照进人民大会堂台湾厅，两排红丝绒沙发上坐着来自全国各地的

33位著名科学家、教育家和教授。

在当时,大家坐得很随便,邓小平采取了同科学家和教授们聊天的方式,一坐下,便操着浓重的四川口音,亲切地对大家说:

> 这次召开科学和教育工作座谈会,主要是想听听大家的意见,向大家学习。外行管内行,总得要学才行。我自告奋勇管科教方面的工作,中央也同意了。这两条战线怎么搞,请大家发表意见。

说到这里,邓小平指指方毅说,这个工作"方毅同我一起抓","说他帮我或者我撑他的腰都可以。我说些空话,放点空炮,助点威风"。

接着,他宣布,这个座谈会请方毅主持。

邓小平说,整个座谈会他不可能都到,自己有时间就到,没有时间就到不了,座谈纪要是肯定会看的。但最后的结果是,与会的科学家和教授们都欣喜地发现,实际5天的会议,邓小平从头到尾一次不落地出席了全部议程。

邓小平做了开场白之后,方毅开始主持会议。

前两天大家主要讨论改革高校招生制度,废除高校招生"自愿报名,群众推荐,领导批准,学校复审"的办法,恢复高考制度等有关教育的问题,经过讨论,恢复高考的决策定下来了。

在场的科学家没想到，自己大胆建议献策，如提高教学质量、改革招生制度，恢复高考；尊重知识、尊重人才，恢复知识分子名誉；保证六分之五的时间搞科研，改变用非所学等建议，均得到了邓小平的当场拍板。

会议期间，邓小平还亲自询问著名生物学家童第周的情况，专门邀请他来参加会议。

8月8日上午，座谈会接着举行，主要讨论科技的问题。这次有关科技改革的座谈会又被称为"八八座谈会"。

邓小平在座谈会开始时便说：

我们国家要赶上世界先进水平，从何着手呢？我想，要从科学和教育着手。科学当然包括社会科学，虽然这次会议因为时间匆促没有邀请社会科学家。通过这次座谈会，我了解了一些情况，也开始了解了当前应该首先解决的一些问题。有些问题大家可能没有全讲出来，或者没有时间完全讲清楚，好在以后还有机会讲。

邓小平对科学、教育问题做出了系统论述。他提出，无论是从事科研工作的还是从事教育工作的，都是劳动者。

他特别强调，要把这个问题讲清楚，因为这同调动知识分子的积极性有关。知识分子问题不仅是科学界、教育界的问题，而且是整个国家的重大政策问题。

经济学家、中科院院士、原国家科学技术委员会（简称为国家科委）副主任、中共中央原顾问委员会委员于光远同志，因身体原因未能亲自参加当时的座谈会，他在给会议的书面发言中指出：

> 这是科教界进行拨乱反正的重要会议，不仅对科技教育工作意义重大，其影响更是波及方方面面。在增强创新能力，建设创新型国家的今天，重温这次会议非常有价值。

中国技术经济研究会常务副会长的明廷华，多年前在中科院工作，是"八八座谈会"的组织筹备人员，他后来在回忆时说：

> 在座谈会开始时，小平同志就提出，召开这次会议的目的是探讨科学研究怎样搞得更快更好些，教育怎样才能适应我国四个现代化建设的要求、适应赶超世界先进水平的要求。小平同志说："这个世纪还有23年，要实现四个现代化，要赶超世界先进水平，究竟从何着手？看来要从科研和教育着手。"

在座谈会结束前，邓小平发表了重要讲话，谈到了知识分子的阶级属性及其积极性的调动、科教体制和机构调整、教育改革、科研保障，以及学风等问题。

邓小平说：

> 要保证科研时间，使科研工作者能把最大的精力放到科研上去。会上提出一周要有六分之五的时间搞科研，我加了"至少"两个字，你们又加上"必须"两个字。好！科学院文件下发时就加上这四个字。我看，有人一头钻到科研里面，应当允许。有人七天七夜搞科研，为什么不可以？体制搞得合理，就可以调动积极性。要争取时间，快一点调整好。

在这次座谈会上，邓小平提出了科技体制改革的初步设想，说：

> 科学研究机构要建立技术责任制，实行党委领导下的所长负责制。这是重要的组织措施。

明廷华参与了"八八座谈会"的组织筹备工作，后来，他又和林自新一起负责起草了邓小平在全国科学大会上的讲话稿。他认为，"八八座谈会"是科教战线拨乱反正的一次重要会议，邓小平的讲话重新给科学技术进行了准确定位，将科学技术放在了正确的位置，影响是长远的。

《科学院汇报提纲》的执笔人，这次科教座谈会记录的整理者吴明瑜后来回忆说：

> 人们谈起这次座谈会多强调其在恢复高考中所起的作用。其实，会议的内容和意义远不止于此。

这个七嘴八舌的"情况收集会"，成为半年之后召开的全国科学大会思想的蓝本。

原国家科委副主任吴明瑜评价这次座谈会时说：

> 如果说1978年的全国科学大会预示着科技春天的到来，那么这次会议就是春天前的惊雷。

科教座谈会是全国科学大会召开之前最重要的会议之一，为全国科学大会的胜利召开，做了思想上的准备。

邓小平同志通过这次座谈会，让科学家们了解了中央关于社会主义建设、科技发展的最新决策。

邓小平提出科学技术是生产力

1978年3月18日,正是万物复苏的时节。在首都北京人民大会堂,中共中央、国务院召开的全国科学大会隆重举行。

人民大会堂主席台上并排悬挂着毛泽东的彩色画像,画像两侧是迎风飘扬的10面红旗。两条红色巨幅标语横贯大会会场,一幅是:

高举毛主席的伟大旗帜,为在本世纪(20世纪)内把我国建设成为社会主义的现代化强国而奋斗!

另一幅是:

树雄心,立壮志,向科学技术现代化进军!

主席台上还悬挂着郭沫若为大会题写的"全国科学大会"的横幅。邓小平等与5000多名科技界代表参加了这次盛会。

当叶剑英、邓小平等笑容满面地登上主席台,并在前排就座时,全场欢腾起来,热烈的掌声经久不息。

在主席台前排就座的还有党和国家其他领导人郭沫若、韦国清、乌兰夫、方毅、苏振华、余秋里、张廷发、陈锡联、耿飚、聂荣臻、倪志福、徐向前、陈慕华、赛福鼎、王震、谷牧、康世恩，以及中央军委负责人粟裕、罗瑞卿等。

出席大会前，郭沫若还在住院，病情很严重，行动很困难，医生不同意他出席大会。郭沫若说这样的大会，他不能不参加。医生只得为他做好一切准备，同意他赴会，但时间不能长。

后来，郭沫若坐在轮椅上被人推上了主席台。但当时郭沫若的病情实在严重，所以大会开了不到一半，他就被几个人连人带轮椅一起抬下主席台，送回了医院。

在主席台就座的除了各部委、解放军各总部和国防科学技术委员会（简称为国防科委）的负责人、大会领导小组成员、各代表团团长之外，还有老中青科学家：马大猷、王大珩、王淦昌、叶笃正、朱光亚、华罗庚、严济慈、苏步青、吴征镒、汪德昭、张光斗、陈景润、茅以升、林巧稚、侯祥麟、钱三强、钱学森、高士其、黄昆、童第周……

许多已入古稀或耄耋之年的老科学家彼此握着手，老泪纵横。吴征镒、吴征铠、吴征鉴一家出了三个院士，这次会上，重新相见，无限感慨。

出席大会的有 30 个省、自治区、直辖市，中直和国家机关，以及解放军和国防工业部门，共 32 个代表团。

参加这次空前盛会的代表中，有820个先进集体代表和1189个先进个人。其中，年纪最轻的只有22岁，80岁以上的有31人，年纪最大的90岁。

这位90岁高龄的科学家是我国地质学界的老前辈何杰教授。他早年创建了北京大学地质系，后来又在9所大学连续任教几十年。他曾和著名的地质学家李四光一起，培养了许多地质科学工作者，桃李满天下。参加大会的地质工作者，有12位都是何杰的学生。

成都地质学院59岁的罗蛰潭教授，在会上一看到自己的老师何杰，马上前去伸出双手，扶着老师走进了休息室。何杰说："别看我老了，我还没有退休，还要为地质工作作贡献，不久前我还为国家写了一份发展我国矿业科研的意见书。我希望能亲眼看到2000年祖国的四个现代化。"

15时，大会开幕。在开幕式讲话中，邓小平作了重要讲话。首先他提纲挈领地指出：

四个现代化，关键是科学技术的现代化。

接着，邓小平谈到对科学技术是生产力的认识问题。他说：

科学技术是生产力，这是马克思主义历来的观点。

现代科学技术的发展，使科学与生产的关系越来越密切了。科学技术作为生产力，越来越显示出巨大的作用。

明廷华后来说："小平同志提出了科学技术是生产力、知识分子已经是工人阶级的一部分和科技现代化是四个现代化的关键三大著名论断。这为知识分子放下包袱、轻装上阵、全力以赴进行科研工作奠定了基础。"

邓小平关于"知识分子是工人阶级一部分"的提法是一个划时代的突破。

文件起草时有人就反对，应该改成继续坚持"对知识分子团结、教育、改造"。邓小平还是坚持了原稿。

起草组的吴明瑜说，早在1975年邓小平就说了"科技工作者是劳动者"，在科教座谈会也强调了这一点，这是他一贯的观点。

邓小平在讲话中指出，我们向科学技术现代化进军，要有一支浩浩荡荡的工人阶级的又红又专的科学技术大军，要有一大批世界第一流的科学家、工程技术专家，要打破常规去发现、选拔和培养杰出人才。

高能物理学家张文裕，是著名科学家杨振宁的老师。他听了邓小平的讲话，频频点头。

大会间休息时，休息厅里一片欢乐，大家仿佛有说不完的话。

71岁的著名科学家王淦昌说得好，"四人帮"时期我们有压力，那是令人窒息的政治压力；现在也有压力，但这是鼓舞人心的革命压力，这种压力将产生巨大的推动力量。

邓小平在科学大会讲话的第三部分中，着重阐明了科学技术部门的各个研究所怎样实现党委领导下的所长负责制。他以党中央副主席的身份，向科学家们诚恳地表白：

> 我愿意当大家的后勤部长，愿意同各级党委的领导同志一起，做好这方面的工作。

讲到这里，会场上暴风雨般的掌声打断了邓小平的讲话。邓小平这句话说到了科学家们的心坎里，也为各级科技单位和部门党委领导人给出了一个最准确的定位和示范。

邓小平说，能不能把我国的科学技术尽快地搞上去，关键在于我们党是不是善于领导科学技术工作。他说：

> 为了适应我国社会主义革命和社会主义建设的新的发展时期的需要，我们党的工作重点、工作作风也都应当有相应的转变。

邓小平指的转变是针对当时科研单位用非所学，外行领导内行的现象提出的。早在科教座谈会上，邓小平就明确主张科研院所应该配备"三套马车":一个党委书记,热心科学和教育,多半是外行,当然找内行更好;一个研究所所长,能组织领导科研工作,是管业务的,这应当是内行;再一个是管后勤的,即后勤部长。当时,邓小平就提出由自己来当后勤部长。

说起邓小平当后勤部长,还有一段故事。

1975年,邓小平在听取《科学院工作汇报提纲》时,得知我国著名半导体物理学和固体物理学专家黄昆,从北大物理系发配到电子仪器厂边教学边在半导体车间劳动。

邓小平当时很生气,严厉指出:"这种用非所学的人是大量的……他是全国知名的人,就这么个遭遇。为什么不叫他搞本行?可以调到半导体所当所长。"

年近花甲的黄昆调到半导体所后,科学院又配备了所党委书记和管后勤的副所长,组成了"三驾马车"。

邓小平的谈话澄清了长期束缚科学技术发展的重大理论是非问题。经邓小平讲话和改革开放的推进,"科学技术是生产力""知识分子是工人阶级的一部分"逐步成为人们的共识。

对于邓小平的讲话,科学家们的反应非常热烈。南京天文台的台长张钰哲已经70多岁了,听了邓小平同志的讲话,老泪纵横。过去被当作异端的知识分子,现在成为领导阶级的一部分,终于成为自己人了,张钰哲怎能不激动。

农科院院长金善宝激动地说："我今年82岁了，但此时此刻，我心中充满了青春的活力，在新长征的道路上，我要把82岁当成28岁来过。"

上海生物所所长冯德培说："听了小平同志的讲话以后，过去的很多争论都解决了，这样大家都可以放手放心干事情了。"

聂荣臻和邓小平都接见了陈景润，当时还照了一张很有名的合影，影响很大。

方毅在大会上作了报告。方毅的报告分三个部分：我国社会主义科学技术事业发展的新阶段；树雄心、立壮志，向科学技术现代化进军；全党动员，大办科学。

方毅说，党的第十一次全国代表大会和第五届全国人民代表大会，已经确定了我们在20世纪内的奋斗目标，决定动员全党、全军、全国各族人民，向农业、工业、国防和科学技术现代化进军。

方毅在报告中对《1978—1985年全国科学技术发展规划纲要（草案）》简称为《8年规划纲要》作了说明。他说，我们的规划应该是一个为实现四个现代化服务的规划，一个高速度发展的规划，一个先进的规划。

方毅说，《8年规划纲要》，对自然资源、农业、工业、国防、交通运输、海洋、环境保护、医药、财贸、文教等领域和基础科学、技术科学两大门类的科学技术研究任务，作了全面安排，从中确定了一批研究项目作为重点。

《8年规划纲要》还要求把农业、能源、材料、电子计算机、激光、空间、高能物理、遗传工程8个影响全局的综合性科学技术领域、重大新兴技术领域和带头学科，放在突出的地位，集中力量，做出显著成绩，以推动整个科学技术和整个国民经济高速度发展。

方毅说，向科学技术现代化进军，是全党、全军、全国各族人民的共同任务。这是历史赋予我们的一场伟大的技术革命。

方毅还在报告中提出了中国科学院侧重的办院方针。他说：

> 中国科学院作为全国自然科学研究的综合中心，其主要任务是研究和发展自然科学的新理论新技术，配合有关部门解决国民经济建设中综合性的重大的科学技术问题，要侧重基础，侧重提高。

此后，中国科学院提出"侧重基础，侧重提高，为国民经济和国防建设服务"的办院方针。

3月27日至30日，每天上午分组活动，交流工作经验，下午则为全体大会，由代表做大会发言。

在大会发言者中，除按惯例有一批领导发言外，引人注目地出现了一批科技专家，包括物理学家周培源、中国科学院数学研究所研究员陈景润、生物农学家金善宝、吉林大学教授唐敖庆、大庆总地质师闵豫、冶金部钢铁研究院物理室主任陈篪、第七机械工业部第五研究院孙家栋、成都工具研究所工程师黄潼年等。

3月30日，中国科学院副院长李昌在全体会议上发言，介绍中国科学院贯彻中央关于"科学院要整顿，要把科学研究搞上去"指示的情况和经验。

1978年3月31日下午，全国科学大会在人民大会堂举行闭幕式和授奖仪式，大会表彰了862个先进集体、1192名先进科技工作者和7675项优秀科研成果。

大会闭幕前，宣读了中国科学院院长郭沫若的书面讲话《科学的春天》。这篇讲话由中央人民广播电台著名播音员虹云代读。

女播音员抑扬顿挫、饱含深情、掷地有声地念道：

我的这个发言，与其说是一个老科学工作者的心声，毋宁说是对一部巨著的期望。这部伟大的历史巨著，正待我们全体科学工作者和全国各族人民来共同努力，继续创造。它不是写在有限的纸上，而是写在无限的宇宙之间。

……

这是革命的春天，这是人民的春天，这是科学的春天！让我们张开双臂，热烈地拥抱这个春天吧！

会场上顿时响起一阵阵春雷般的掌声，掌声经久不息。

《科学的春天》成为全国科学大会上的亮点之一，也成为许多科学家终生难忘的记忆。

在全国科学大会召开期间，大会秘书处先后收到各地区、各部门向大会献礼的科技成果1319项，收到贺电、贺信、建议、其他来信共2万多件。

这次大会是中国科技发展史上一次具有里程碑意义的盛会。

核物理专家高潮后来说：

> 开了科技大会，回来就发现研究所的气氛非常热烈。解放了！解放了！我们组织"科技苦战能过关"，大家从早到晚干活儿，好像都不知道累一样。解放的不仅是人，还有智慧！

会后，全国上下奋起直追、争分夺秒，大家发誓"学习陈景润，为实现四个现代化攀登科学高峰"，把耽误的时间抢回来！

全国科学大会的胜利召开，解放了知识分子，促进了中国科学技术的大发展。

在党中央的领导下，从此揭开了科技体制改革的新篇章。

为了贯彻落实中央的科技政策，辽宁省营口市率先制订了科技发展规划,恢复和新建了一批科研院所,到1980年市级科研院所达到13个,并取得了427项科技成果。

1980年6月10日,营口市科技成果表彰大会召开,营口市委领导及来自全市各条战线的部分领导干部、科技工作者共1000多人出席了会议。

在这次大会上,宣布了《关于奖励科学技术成果的决定》,对54项优秀科技成果进行了褒奖,这些成果有的达到国内先进水平,有的填补了国内空白。

例如,营口灯具厂的LQ80－I型卤钨汽车前大灯、水稻新品种迎春二号、高密度流水养虹鳟鱼、IQX－100型侧置旋转清淤机、大型结晶池深卤结晶浮卷法塑料苫盖晒盐新工艺等。

1984年7月开始,营口市进行了科技体制改革试点工作,首先选定了市电子研究所、石油化工研究所、镁质材料研究所、工业造型研究所4家为试点单位。

改革科研单位的事业费开支为有偿合同制,扩大科研单位的自主权,即包括实行所长负责制、经济收入管理自主、技术服务、成果转让、资金分配等有关配套政策。营口市通过改革试点,探索出了一条科技改革的路子。

胡耀邦发出向科学进军号召

1980年3月15日至23日,中国科学技术协会(简称为中国科协)第二次全国代表大会在北京隆重召开。

出席大会的代表共1500名。其中国家级学会、协会、研究会代表369人,地方科学技术协会(简称为地方科协)代表1131人。

这次大会的任务是:贯彻党的十一届三中全会以来的路线、方针、政策,动员全国科技工作者在党的领导下更紧密地团结起来,同心同德,群策群力,为实现科学技术现代化,为把中国建设成为现代化的社会主义强国而奋斗。

茅以升致大会开幕词,周培源作题为《同心同德,鼓足干劲,为实现我国科学技术现代化而奋斗》的工作报告。

大会通过了中国科协历史上的第一部章程,即《中国科学技术协会章程》。大会还向全国科技工作者发出了《关于为四化建设开展建议活动的倡议书》。

中共中央和国务院领导接见了全体代表。

中共中央总书记胡耀邦在闭幕式的讲话中,提出动员全国人民向科学进军的三大措施。他说:

第一，建立一支能够真正坚持社会主义道路，具有专业知识的干部队伍；第二，大规模地培养中国科学技术的生力军和后备队，第三，全党都要充分支持科学家和科学工作者展宏图。

胡耀邦还谈到如何改善和加强党对科技工作领导的问题。他说：

科学是推动历史前进的巨大力量。科学愈来愈迅速地转化为巨大的生产力。没有先进的科学技术就没有四个现代化。掌握当代最先进的科学技术是关系我们国家前途的根本问题。

1981年5月11日，增选扩大400人的中国科学院第四次学部委员大会隆重举行，胡耀邦、邓小平等中央领导出席开幕式。

在大会闭幕那天，胡耀邦和中央书记处邀请全体学部委员到中南海做客。

在大家参观了中南海的一些景点后，在怀仁堂举行了座谈。胡耀邦在座谈会上说：

这次学部委员大会是把全国最优秀的、最有威望的科学泰斗组织了起来，成为一个新的

强大的领导集团。

这意味着中国科学院的天空升起了一个巨大光芒的星团,这个星团将照亮中国科学事业的前进道路,指引我国的科学大军披荆斩棘,满怀信心,向现代化的科学高峰前进。

胡耀邦向科学界提出两点希望,第一点,深入生产实际找任务;第二点,希望他们用主人翁姿态工作。他说:"最近我看到有一副对联说:'风声雨声不吱声了此一生;国事大事不问事平安无事'。我主张把它改一改,改成:'风声雷声悲哀声枉此一生;险事难事天下事争当勇士'。"

1982年3月,数学家华罗庚给胡耀邦写了一封长信,谈了自己20多年来深入工厂、农村推广"优选法"和"统筹法"的亲身体会。

华罗庚深深感到,科学家要深入生产实际找课题,把科学理论与生产实际联合起来,很不容易,且有风险,如果领导再不大力支持,就更是阻力重重。即使决心下了,也不是一朝一夕之功。但是只有如此做,中国实现四个现代化才有希望。他还在信中列举了自己在有生之年打算做的事情。

华罗庚这封信寄出10天,就接到胡耀邦的亲笔复信。胡耀邦用饱蘸浓墨的毛笔写了7页宣纸。他饱含深情地写道:

我们这些门外汉并不反对有些同志继续做纯理论性的研究，去探索还没有为人类认识的新领域、新原理。但我们更希望更多的同志投身到新技术新工艺攻关的行列中去，从而把我国的四个现代化推向前进。

这封信充满了对科学家的深情，引申出了希望中国科学家齐心协力、团结一致，共同建设四个现代化，极大地鼓舞了广大科技工作者的热情。

广大科研院所和科技工作者积极探索科技改革，开创科技事业的美好未来。

1982年，株洲电子研究所没花国家一分钱向银行贷款40万，研制成功了CMC80微型机，一上市便畅销全国。

按照所内改革规定，参加研制的5个科技人员共获得成果奖金3300元。

在科技体改探索过程中，株洲电子研究所依靠向工厂转让技术成果，获得了500多万元的经济收入。在自力更生办科研的过程中，该所为了鼓励科技人员多出成果，快出成果，科技人员实行自找选题，费用包干，按科研成果经济效益大小发提成奖，对工人实行合同制，对行政干部实行岗位责任制。

株洲电子研究所"对内实行课题承包责任制，对外实行有偿合同制，经费由国家事业费用开支改为经济自主"的做法，得到了当时省、市领导的高度肯定。

《光明日报》《湖南日报》等媒体都在一版显要位置予以报道，认为：

> 改事业费开支为有偿合同制，对于科技体制改革以及落实党的知识分子政策和科技发展战略方针都有重要意义。

此后，株洲市的开发性科研单位普遍推广了株洲电子研究所的经验，实行干部聘用、人才流动、内部技术职称和奖金等办法。

在六届全国人大二次会议上，株洲电子研究所的改革方向写进了政府工作报告，其科技体制改革经验向全国推广。

1984年4月12日，湖南省人民政府在株洲市召开科技体制改革现场会，表彰株洲电子研究所的改革精神。

国家科委副主任赵东宛出席会议并宣布，国务院已批准国家科委和国家经济体制改革委员会（简称为国家体改委）提出的《关于开发研究单位由事业费开支改为有偿合同制的改革试点意见》。

由此，一场科技体制改革热潮在全国范围内迅速兴起。科技人员主体作用得以充分发挥，科学技术成果更直接联系实际需求，摆脱了体制束缚，科学技术在全国经济浪潮中迎涛而立。

株洲电子研究所的改革之所以成功，就在于他们一开始就深刻理解了中央的科技政策，把握了时代的脉搏，并走上了科技改革的新路子。

二、全面启动

● 杨浚充满感情地对仲济学说:"不要以为与科技无关、与星火无关就不管。科技是靠人来搞的,首先得解决人的生存问题。"

中央制定国家科技攻关计划

1982年11月30日,全国五届人大第五次会议召开,这次会议讨论通过了第一个国家科技计划。

这个计划的宗旨是坚持面向国民经济主战场,集中力量攻克产业升级和社会可持续发展急需解决的关键技术和共性技术。

这个计划是从1982年起,由原国家计划委员会(简称为国家计委)和国家科委联合组织研究2000年全国科技发展规划而制定的。其指导思想是从国民经济建设的需要出发,解决一批重大、关键技术问题,促进科技为经济服务。

该项研究在各学科各产业和大中型企业上千位专家的共同参与下,详细分析了各领域的国内外经济、科技现状,发展目标,存在的主要技术问题并提出了重大科研项目建议。

原国家计委、国家科委在项目建议的基础上进行汇总筛选,从中提出最急迫和有条件实现的38个项目,由原国家科委负责编制了《"六五"国家重点科学技术项目(攻关)计划(草案)》。

原国家计委、国家经济贸易委员会(简称为国家经委)和原国家科委广泛征求国务院各有关部门的意见后,共同修订编制出《"六五"国家科技攻关计划》。

国家科技攻关计划是第一个国家科技计划,也是20世纪中国最大的科技计划,从1982年开始实施。

这项计划是要解决国民经济和社会发展中带有方向性、关键性和综合性的问题,涉及农业、电子信息、能源、交通、材料、资源勘探、环境保护、医疗卫生等领域。

"六五"科技攻关计划包括农业、消费品工业、能源开发及节能、地质和原材料、机械电子设备、交通运输、新兴技术、社会发展8个方面的38个项目,112项攻关课题,分为1467个研究专题。

选题重点为:对国民经济起重大作用和有较大经济效益;研究研制工作有一定基础,能较快取得成果;研制成功后能使长线产品转为产销对路产品;能显著提高产品质量、实现出口创汇;带有综合性,需要跨部门、跨地区组织力量实施的项目。

从"六五"到"九五"实施的4个科技攻关计划,为我国经济、科技、国防和社会的可持续发展作出了重大贡献。

1983年12月13日,全国科学技术工作会议在北京召开。国家科委副主任赵东宛在会上发表了讲话。他说,自从党中央和国务院提出经济建设必须依靠科学技术,科技工作必须面向经济,科技与经济、社会要协调发展的战略方针以来,我国科技战线由于贯彻了这个新的战略方针，出现了前所未有的活跃局面。大量事实表明，科技工作面向经济建设的新方针完全符合党的十一届三中全会精神。正是这个新方针使我国的科技工作更好地转向了为经济服务的轨道。

赵东宛说，这次会议的主要任务是：研究如何继续贯彻科技面向经济的新方针，认真总结交流前一阶段的经验，讨论一些政策性措施和必要的体制改革；从战略上、政策上和措施上研究如何加速发展适合我国国情的新兴技术；安排1984年的科技工作，研究如何尊重知识，尊重人才，继续落实党的知识分子政策；讨论地方科委的工作等。

这次会议还讨论了有关科学技术进步的奖励条例、科技攻关管理办法、关于设立科学技术发展基金、整顿自然科学研究机构以及试行有偿合同制等问题。

国务委员、国家科委主任方毅主持召开了这次会议。来自29个省、市、自治区主管科技工作的副省长、副市长、副主任，科委主任和中央各部委的负责人共300多人参加了会议。

可以说，这次会议是全国科技大会的一个重要铺垫。

中央召开全国科技工作会议

1985 年 3 月 2 日，全国科技工作会议在北京隆重开幕。

这次会议的中心议题是研究科技体制改革的重大问题。中共中央政治局委员、国务委员方毅在开幕式上讲话时指出：

现在，改革科技体制人心所向，时机比较成熟。要搞好这场有历史意义的改革，避免发生不必要的社会波动，需要有坚韧不拔的精神，耐心地一步一个脚印地朝着正确的方向前进，争取花几年时间，取得显著的成效。

方毅还说：

搞好这场改革，需要各级政府的精心指导，需要科技部门、计划部门、经济部门、教育部门的通力合作，需要基层单位的不懈努力。特别是需要充分依靠科技工作者的自觉行动。广大科技工作者要为改革作出自己的贡献。

国务委员、国务院科技领导小组副组长宋平主持了开幕式。

国务院科技领导小组办公室主任、国家科委主任宋健就科技体制改革的政策问题作了说明。

在谈到科技体制改革的指导思想时，宋健说，科技体制改革与经济体制改革是紧密衔接的。它的任务是改革现行的管理体制，造成这样一种环境，使大部分研究机构，特别是那些与技术开发密切相关的研究单位产生面向经济的内在活力，自动地面向经济，重视经济效益，社会将给予为振兴经济而作出贡献的单位和个人以更多的尊敬和荣誉，科技人员的物质待遇也将和他们的贡献相联系。

宋健说，科技要面向经济，就需要开放技术市场。把技术流通的一切大门都打开，使科技从研究部门、高等院校源源不断地流向企业，流向农村，流向内地，带动企业的进步，推动农村乡镇企业的兴旺，促进内地和边远地区的开发；要改变过去长期存在的不重视市场人才的观念，培养一大批能够献身于开拓技术市场的科技人才。

宋健还在当天的开幕式上强调，应当依靠大科技振兴大农业，他认为这是农业和整个农村经济长期稳定发展的根本出路。

国家科委常务副主任李绪鄂在3月4日的会上，首次披露我国"八五"期间科技工作的设想：主要是对有关"863"高技术研究计划、基础性研究的投入、农村科技工作、"火炬计划"、科技成果推广、科技促进社会发展、推动企业科技进步、科技经费投入等方面进行了阐述。

在3月5日,国务委员陈俊生代表国务院在全国科技工作会议上指出:科技兴农不是权宜之计,而是根据我国现实国情和农业发展的实际需要,吸取国外成功的经验而确定的长远发展战略。他强调说,科技兴农要搞大合唱,要方方面面结合起来形成巨大的合力、凝聚力。这样将会从根本上改变我国农业的面貌。

在3月6日上午,在这次全国科技会议上,中央有关领导就科技体制改革问题做了重要讲话。当天,方毅、余秋里、胡乔木、姚依林、郝建秀、宋平等,以及国务院科技领导小组的领导同志出席了会议。

3月7日,全国科技工作会议在中南海怀仁堂举行闭幕式。

胡耀邦、邓小平、彭真、邓颖超和中共中央、国务院其他领导同志出席了闭幕式,会见了与会同志和首都科技界代表。

在热烈的掌声中,邓小平发表了重要讲话。他说:

> 现在要进一步解决科技和经济结合的问题。所谓进一步,就是说,在方针问题、认识问题解决之后,还要解决体制问题。

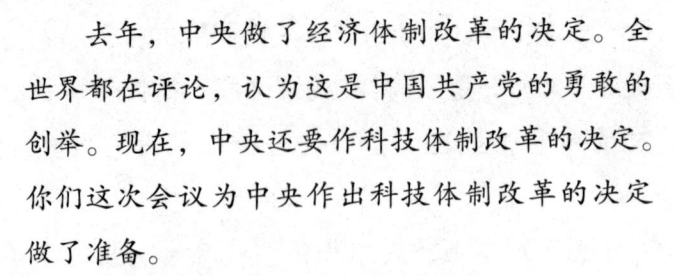

去年，中央做了经济体制改革的决定。全世界都在评论，认为这是中国共产党的勇敢的创举。现在，中央还要作科技体制改革的决定。你们这次会议为中央作出科技体制改革的决定做了准备。

经济体制、科技体制这两方面的改革都是为了解放生产力。新的经济体制，应该是有利于技术进步的体制。新的科技体制，应该是有利于经济发展的体制。双管齐下，长期存在的科技与经济脱节的问题，有可能得到比较好的解决。

中央有关领导在讲话中说：

改革科技体制，目的就是要动员千军万马上山摘桃子。千军万马，是指整个科技界、知识界。上山，是指投入"四化"建设的洪流中去。摘桃子，是指把创造出来的科技成果应用于四化建设特别是经济建设。

改革科技体制一定要牢记这个根本宗旨。当前最迫切的，是要把我们现有科技力量的作用充分发挥出来，使之对经济建设作出在现有条件下可能作出的最大贡献。在改革过程中，一定要注意调动老年知识分子和中青年知识分子的积极性。

时任国务院代总理的李鹏在会议的闭幕式上发表了题为《发挥科技优势为振兴经济作出更大的贡献》的讲话。他评价这次会议对于贯彻落实党的十三大精神,加快和深化改革,推动科技全面进入经济,实现国民经济的技术进步,必将起到重要的促进作用。接着,他就如何加强对科技工作的领导,发挥科技优势,深化科技体制改革,充分发挥科技人员的作用,为经济建设作出更大贡献等问题做了重要讲话。

在这次会议上,凝聚着全国800多万科技工作者智慧的《中共中央关于科学技术体制改革的决定》,终于正式出台。

《决定》提出:

> 改革的主要内容是转变科技工作运行机制、调整科学技术系统的组织结构,改革科技人员管理制度等。
>
> 这一阶段以改革研究机构的拨款制度、开拓技术市场为突破口,使科学技术机构增强自我发展的能力和主动为经济建设服务的活力,鼓励科技人员以多种方式创办、领办企业等。
>
> 在这些措施的引导下,科技界以空前的热情投入到经济建设主战场,以多种形式进入和

长入经济。

邓小平在讲话中指出：这个决定草案，我看是个好文件，这个文件的方向，同整个经济体制改革的方向是一致的。

在关于科技体制改革的决定通过之后，邓小平语重心长地说："改革经济体制，最重要的、我最关心的，是人才。改革科技体制，我最关心的还是人才。一定要在党内造成一种空气，尊重知识、尊重人才。"

彭真、邓颖超、薄一波等也在会上讲了话。

方毅主持了当天的会议。

乌兰夫、习仲勋、王震、杨尚昆、杨得志、余秋里、张廷发、胡乔木、姚依林、秦基伟、邓力群、谷牧、陈丕显、乔石、田纪云、吴学谦、宋平，以及有关方面负责人宋健、吕东、赵守一、何东昌、严东生、王兆国等出席了闭幕式。

这次会议充分表现了党和政府十分重视科学技术的发展和科技体制的改革。

在全国科技大会后，国务院陆续作出《关于进一步推进科技体制改革的若干规定》《关于深化科技体制改革若干问题的决定》。两大决定对转变科技工作运行机制、调整科学技术系统的组织结构、改革科技人员管理制度等作出了具体部署。

宋健亲身经历了这段时间，后来回忆说：

1984年，我受命担任国家科委主任职务的时候，有些如履薄冰，"惶惶不可终日"。因为，有一个重大难题需要去破解，那就是寻找和开拓科技和经济结合的新路。

科技体制改革并不像今天人们想象的那么简单。当时很多人尚不理解以经济建设为中心和改革开放的深远意义，对中央提出的"科学技术工作必须面向经济建设，经济建设必须依靠科学技术"的方针存有疑虑。

为了贯彻落实中央的方针，取得科技界、经济界对这一重大转变的理解和支持，做到既面向经济又能更快发展科学技术，必须提出新的发展目标，创造新的方法，开拓新的途径。

以改革研究机构的拨款制度、开拓技术市场为突破口，国家鼓励科技人员以多种方式创办、领办企业。这些政策促使科技界以空前的热情投入经济建设的主战场。

全国科技大会召开后，全国迅速掀起了科技体制改革的高潮。

曾经率先进行科技改革探索的辽宁省营口市大受鼓舞。1985年8月2日，营口市召开科技工作会议，传达了1985年3月召开的全国科技工作会议精神，学习了《中共中央关于科技体制改革的决定》，讨论修改《中共营口市委、营口市人民政府关于贯彻执行〈中共中央关于科学技术体制改革的决定〉的若干规定》。

该《规定》的主要内容有：

在运行机制方面，改革科技经费拨款制度。逐年抵减事业经费，建立科技发展基金，对于重大科研和开发项目实行重点扶持。大力开发技术市场，要打破克服单纯依靠行政手段无偿转让技术成果的做法，运用经济杠杆和市场调节，使科学技术机构具有自我发展的能力和为经济建设服务的活力。

营口市委、市政府积极促进与生产企业在组织结构上的联合。科研单位打破部门所有，面向社会，从"计划科研型"转变为"科研经营型"，逐步达到科研方向社会化、科研管理企业化、科研成果商品化，最终实现经济自主；大力加强企业的技术吸引与开发能力和技术成果转化为生产能力的中间环节，促进研究机构、设计机构、企业之间的协作和联合，并使各方面的力量形成合理的配置。

在人事制度方面，营口市委、市政府实行"双放"方针，即放活科研单位，放活科技人员，促使科技人员流动出现活跃的局面，让科技人员走出科研所大门，面向工厂、面向农村、面向社会，大搞技术承包、技术咨询和技术服务，发展横向经济联合，开拓技术市场，把科研成果及时地转化为生产力。

营口市市委副书记、市长许仕廉指出，全市的科技体制是在特定的历史条件下形成的，曾经显示出可以集中力量解决某些重大科技课题的优点，但是现在这种体制越来越不适应"四化"建设的要求。这种体制的一个很大的弊端，就是科技与生产相脱节，表现在国家对科研单位包得过多，统得过死，使科研机构和科研人员缺乏活力，因此长期以来科研单位基本上是供给制，靠国家拨款过日子，课题上面定，经费上面拨，成果交上级转让。

在组织上，科研、设计、教育、生产部门相脱节，各自分割，缺乏横向联系。科研和生产之间本来存在着有机的联系，应当有横向的、经常的、多方面的千丝万缕的渠道，而过死的体制把它们之间直接联系的渠道堵塞了。在人事制度方面，科技人员由国家统包统配，部门所有，不能流动，影响了科技人员的积极性。因此，许仕廉认为，为了更好地进行"四化"建设，科技体制非改不可。

进行科技体制改革的主要目的，就要贯彻经济建设必须依靠科学技术，科学技术必须面向经济建设的战略方针，促进科学技术与经济建设和社会发展的紧密结合，进而大大提高工农业生产的技术水平，这就是营口市委、市政府进行科技体制改革的出发点和落脚点，较早为全国科技体制改革探索了一条路子。

实施促进地方经济发展的"星火计划"

1985年5月22日,国家科委向国务院提出《关于抓一批短、平、快科技项目促进地方经济振兴的请示》,国家科委在《请示》中提出:

要求广大科技人员开发出一批针对中小企业,特别是乡镇企业的项目。这类项目的特点是科技成果商品周转期短,应用技术与农村现有水平相适应,取得经济效益快。

国家科委在《关于抓一批短、平、快科技项目促进地方经济振兴的请示》中引用了毛泽东的一句话:星星之火,可以燎原。

这个请示中提出的科技扶贫计划,因此被命名为"星火计划"。寓意为科技的星星之火,必将燃遍中国的农村大地。

"星火计划"的提出,与《关于科技体制改革的决定》有着密不可分的关系。

那是1985年年初,国家科委主任宋健亲自领导了为中央起草《关于科技体制改革的决定》的工作,为全面落实"科技面向经济""经济依靠科技"的指导方针开辟了广阔的道路。

与此同时，国家科委党组织根据中央关于制定国民经济第七个五年计划的建设中规定的方针政策，对"七五"期间与科技政策有关的几个重大问题向国务院提出了建议。

就是在这种情况下，国家科委经过反复考虑，提出了著名的"星火计划"。

"星火计划"是经中国政府批准实施的第一个依靠科学技术促进农村经济发展的计划，是我国国民经济和科技发展计划的重要组成部分。

"星火计划"的主要内容是：

支持一大批利用农村资源、投资少、见效快、先进适用的技术项目，建立一批科技先导型示范企业，引导乡镇企业健康发展，为农村产业和产品结构的调整做出示范；

开发一批适用于农村、适用于乡镇企业的成套设备并组织批量生产；

培养一批农村技术管理人才和农民企业家；发展高产、优质、高效农业，推动农村社会化服务体系的建设和农村规模经济发展。

7月24日，国家科委发出关于安排第一批"星火计划"项目的通知。

与此同时，国家科委还制定出选择项目的原则和要求，计划与项目管理，可行性研究与经费等重要内容。在《关于抓一批短、平、快科技项目促进地方经济振兴的请示》获国务院批准后，经费很快得到了落实。

国家计委和财政部的领导都非常支持这一计划，虽然当时已过半年，但经费上仍给予优先，一路开"绿灯"。国家各部委更是积极，从当时掌管的少量的经费中挤出几千万元人民币和几百万美元支持第一、第二批"星火计划"项目。

国家科委副主任杨浚、吴明瑜等领导亲自出面组织这一计划的实施。

8月20日，第一批28个项目经审查批准正式下达。

8月21日，国家科委发出《关于执行"星火计划"程序暂行规定的通知》。

10月10日，正值菊花盛开的金秋时节，全国第一次"星火计划"工作会议在江苏扬州举行。

国务委员、国家科委主任宋健亲自主持这次会议。全国除台湾外，29个省、自治区、直辖市，国务院28个部门的科技部门负责同志，两所高等院校负责人，国家科委驻外人员及新闻界代表共160多人出席了会议。

杨浚受国家科委党组委托，代表国家科委在会上做了工作报告。他在报告中阐述了制定"星火计划"的目的和意义，分析了乡镇企业、中小企业的优势和劣势，指出乡镇企业、中小企业的发展是中国具有战略意义的大事。"星火计划"不是单纯搞几个项目，而是通过安排一批有代表性和有影响的项目，起到示范作用，培养人才作用，进而在大范围应用推广，逐渐达到"星星之火，可以燎原"之势。这是当前农业发展所必需，乡镇企业、中小企业生存所必需，也是振兴地方经济所必需的。

吴明瑜在大会上针对社会上当时有些同志对"星火计划"认识不清，对乡镇企业有不同看法，谈了他对"星火计划"的几点认识。

宋健在会上做了《埋头苦干，为振兴经济而奋斗》的报告。

把现代化生产方式引入农牧渔业生产，提高产量，满足人民的需要，这在当时是一件带有重要政治意义的迫切任务。

"星火计划"是科技界为落实"面向""依靠"方针所执行的第一个全国性计划。

农村实行了联产承包制以后，农民起早贪黑地在自己的土地上拼命干，但劳动生产率依然很低。农民想致富，但怎样才能更快地富起来呢？

当时，杨浚是国家科委副主任，这个重大的历史命题，日日夜夜牵挂着他的心。

这时，国家科委在河北省召开一个山区工作会议。杨浚分管这一摊工作，与国家科委在太行山搞试点的攻关局副局长奚惠达一起前往河北参加这个会。

会前，杨浚和奚惠达深入到太行山区去实地考察。

他们来到河北农业大学养兔的试验点。农业大学的老师向他们介绍说,原来农民养兔就是在地上打个洞。兔子身上有一种寄生虫,传上了就会患球虫病。这种寄生虫是通过粪便传染的,由于兔子把粪便拉在地上,这种寄生虫很容易就传开了,兔子便接二连三地死去。因此,养兔在这里很难推广开,农民也难以致富。

这个农业大学的老师说:"我们只推广了一项技术,就是给兔子搭个简易的小屋,让兔子住在格子板上,粪便通过格子漏下去,兔子接触不到粪便,就传不上寄生虫,也就不会得球虫病,兔子就能一窝窝顺利地繁殖。"

杨浚听了非常高兴,一户户到农民家中去看,与农民交谈。农民告诉他,养兔子成本低,繁殖快,一公一母三个月下一窝,一窝10多只,不用买饲料,就吃点槐树叶和草,一年可以挣几百元。

杨浚还上山去考察了饲料资源,只见洋槐树满山都是,树叶随手可摘。农业大学的老师告诉他,洋槐树叶含有丰富的蛋白质,是很好的饲料。

"资源加技术就是财富啊!"杨浚感慨万千。

接着,杨浚又来到河北农大推广修剪果树的试验点,只见满山遍野都是枣树、柿树。板栗树原来要10年左右才挂果,这里经过修剪的板栗树才三年就已经挂果了。

农业大学的老师告诉他,太行山果树资源很丰富,但农民不懂科学,从来不修剪。他们来推广剪枝,开始农民不信,有些农民怕他们把树剪坏了,专门挂上块牌子："此树不剪。"可是，第二年，看见修剪的果树结得特别好，这些农民思想上受到很大触动，都抢着让农业大学的老师为果树剪枝。

杨浚听着高兴地笑了。

在山区工作会议上，杨浚又和大家进一步研讨山区技术开发中的问题。

1983年12月15日，杨浚给万里、方毅副总理写了《关于科技进山，振兴山区的报告》。杨浚的这份报告受到国务院的重视。

1985年元旦，国家科委的一些领导没有休假，正在科委主任宋健的办公室开党组会议。

1986年1月1日中共中央一号文件指出：

中央和国务院批准国家科委实施"星火计划"。

"把科技的恩惠撒向农村"，这句话成了"星火计划"的指导思想。

全国第一次"星火计划"工作会议结束以后，国家科委立即起草关于实施"星火计划"的报告。

1985年11月18日，宋健、杨浚写信给国务院副总理万里，将国家科委关于实施"星火计划"的几个报告及有关材料一并送上，恳请得到万里指示。

1985年11月20日，万里就"星火计划"召见宋健、

杨浚时,深有感触地说:

"我看了你们的报告,完全同意。我已批给田纪云同志了,请他办。农村、乡镇需要科学技术太迫切了。现在吸收科学技术积极性最大的是在农村。那里人们迫切要求提高劳动生产率,创造更多产品,摆脱贫困以致富。但是,缺少知识,没有技术,没有人才。"

1986年,中央把"星火计划"写入中共中央一号文件,决定在全国实施。杨浚被任命为实施"星火计划"的负责人。

杨浚这个"星火司令"一上任,立刻从国家科委10多个部门里调兵遣将组成了"司令部",即后来的"星火计划"办公室。在"司令部"的指挥下,科技星火便在全国点燃了。

杨浚十分重视调查研究,组织人马,兵分几路,到各省、市,到基层去调查研究。他自己亲自到江苏、浙江、广东、广西、河南、河北、山东、山西、内蒙古、福建……深入调查研究,几乎走遍了祖国大地。他一边调查,一边指导基层实施,一边吸取群众中好的经验。

杨浚是一个不辞辛劳、不知疲倦的领导者。到基层去调查研究,无论刮风、下雨、下冰雹,都挡不住他。年轻人都累得吃不消了,他照样干劲冲天地在工作。

1986年3月,杨浚从安徽调研结束,坐汽车赶到浙江常山时,已是晚上21时多,不顾休息,也不顾吃饭,边吃点心边听汇报,连夜还到常山食用菌研究所去看项目。深夜 23 时多，他又马不停蹄赶路到巨县考察。

在山东临沂考察时，当晚又是风又是雨，县科委主任一再劝阻，他坚持上路，半夜 24 时多才赶到枣庄。

1986 年 5 月，杨浚带领一行人来到山西，接待他的山西省科委副主任仲济学以为，在太原市给他汇报一下，然后请他到五台山玩玩就完事了。没想到，杨浚不去五台山游玩，一定要到星火点去亲自看，要亲耳听，亲自作实地考察。仲济学只好陪着他一个县一个县、一个点一个点、一家一户地仔细考察。

汽车来到广灵县的麻地沟，山路太崎岖，汽车开不进去。

仲济学陪着杨浚在山路上艰难地行走，他们爬了半个多小时的山路才进了麻地沟。一进村，杨浚不歇也不坐，就直奔水井。他在井边看了半天，问道："这井怎么这么深？水够不够吃？"

老乡告诉杨浚，井里的水很少，一掏就干了，全村人轮着打水吃，只够做饭，连洗碗的水都没有。杨浚听了非常难过。

杨浚跑得又干又渴，老乡倒了一碗水给他。因为没有水洗碗，盛水的碗很脏。

仲济学看见老乡拿出一块布擦碗，那布又脏又黑，仲济学不禁开始担心，这样黑的擦碗布，这水，杨副主任能喝吗？没想到，杨浚接过来就喝了。

杨浚充满感情地对仲济学说："要集中力量，先帮老乡解决吃水问题。不要以为与科技无关、与星火无关就不管。科技是靠人来搞的，首先得解决人的生存问题。"

在麻地沟，杨浚亲自到地里看，直接和老乡交谈，了解到这里非常贫困。他对仲济学说："咱们科委要用星火科技，给群众雪中送炭，首先帮助农民摆脱贫困。"

这次，杨浚从太原直走到大同，看完了山西的北半部。这一年9月间，杨浚又来到山西，从太原直走到陕西边境，看遍了山西南半部。

杨浚在祁县看了窑洞苹果保鲜项目，认为这个项目可以加大力度。山西省科委对这个项目加大了投资，果然，这个项目成了县里的支柱产业，又成了全国星火项目。

杨浚在洪洞县看了甲鱼养殖项目后说："随着人民生活水平的提高，保健食品要受到欢迎，甲鱼身价也会很快提高。"

山西省科委按杨浚的意见推广了这个星火项目，太原以南都搞了甲鱼养殖。很快，甲鱼身价百倍，远销香港，出口国外。杨浚的话被实践证实了。

杨浚一边考察，一边结合实际项目和仲济学交谈着。他对仲济学说，不要搞科技含量不高的项目，要搞先进适用技术，要结合本地的资源形成商品优势，才能收到明显的效益。老百姓看不到明显的效益是不会干的。

山西省科委根据杨浚实地考察的意见，将省里的星火项目重新作了调整。由于进行了深入调查研究，"星火计划"一出台，对计划目标、规模、步骤、方法就都制定得比较切合实际。

在深入调查研究的基础上，杨浚又和大家一起规定了10条选择、使用、开发新技术的原则。

这些规定都是针对在"星火计划"实施中普遍存在的问题，由于调查得深入，抓得准，保证了"星火计划"一开始便沿着正确的轨道健康发展。

在"星火计划"的实施过程中，杨浚起到了十分重要的作用。

12月2日，国家科委由宋健亲自签发向国务院呈报《关于实施"星火计划"的请示》。

1986年1月1日，"星火计划"正式写入1986年中央一号文件。至此，"星火计划"在中央一号文件精神的号召下，在全国范围内大面积展开，引起了国内外的普遍兴趣和关注。

实施"星火计划"第二年，各地报上来的项目一下翻了好几倍，只靠国家拨款和匹配投资都不行了。开发项目没有资金。钱，从哪里来？

"钱从哪里来？来钱的渠道多得很。"杨浚总是这样对大家说。

在一次大会上，杨浚列举了10多个渠道的钱可以利用。他说："'星火计划'要长期坚持下去，就要不断增强自我发展能力，不能躺在国家身上光靠国家喂养。仅仅依靠国家拨款总是有限的，应该着眼于从多方面获得支持,其中,主要是金融单位的支持。"

杨浚主张,以贷款为主、自筹为主、集资为主、国家适当引导的原则。

"星火计划"一上马,在资金问题上,便提出匹配投资,即由国家出三分之一,地方出三分之一,实施项目的企事业单位出三分之一。杨浚认为,这三个三分之一,不仅可以使国家以少量的投资办更多的事情,而且可以调动地方和企业的积极性,这是改革机制、市场机制。实践证明,这个办法是成功的。后来其他科技开发计划都仿效这个办法。

贷款把"星火计划"推上了市场经济的管理水平。星火项目还款都非常好。后来,银行对星火项目非常支持。农业银行不仅将人民银行分给"星火"的这块规模贷给"星火",而且将农业银行其他的规模也切一部分贷给星火项目。

"星火计划"开创了科技与金融结合的先河。杨浚还提出在国家、省、地、县建立四级星火发展基金。后来的实践证明,凡是建立了星火发展基金的地方,"星火计划"实施得都比较好。

"星火计划"不仅使用国内银行的贷款,还使用了世界银行的贷款。

在国家科委党组织的领导下,宋健、杨浚等做了很大努力,终于争取到世界银行给"星火计划"贷款1.143亿美元,开创了世界银行给科技项目贷款的先河。

后来，国家科委用世界银行的这些贷款支持了108个星火工业项目，4个先进的星火人才培训基地，三个省、市科技信息系统及国家、省、市"星火计划"管理信息系统。

从1985年在扬州召开第一次全国星火工作会议开始，紧接着，1986年开成都会议，1988年开广州会议，1989年开兰州会议，1990年开潍坊、绍兴会议，1994年开德阳会议。一次会议留下一个里程碑，一次会议跨上一个新台阶。

在国家科委的领导下，全国各地科委和广大的"星火"战士使"星火计划"取得了有目共睹、有口皆碑的效果。

1987年，为鼓励实施"星火计划"，促进中小企业、乡镇企业和广大农村科学技术进步，振兴地方经济，国家设立了星火奖。

国家星火奖包括星火科技奖、星火人才培训奖、星火管理奖、星火优秀青年奖和星火示范企业奖。

星火奖每年评定一次，主要以精神奖励为主，以物质奖励为辅。奖励形式、奖金金额由评审机构确定。

袁隆平是"星火计划"的杰出代表。

早在1986年，袁隆平就在《杂交水稻的育种战略》一文中提出将杂交稻的育种从选育方法上分为三系法、两系法和一系法三个发展阶段，即育种程序朝着由繁至简且效率越来越高的方向发展。

杂种优势水平的利用分为品种间、亚种间和远缘杂种优势的利用三个发展阶段，即优势利用朝着越来越强的方向发展。

根据这一设想，杂交水稻每进入一个新阶段都是一次新突破，都将水稻产量推向一个更高的水平。

袁隆平提出的杂交育种新设想得到了国内外科学家一致公认，被科学家们称为"袁隆平思路""袁氏设想"。国外有的科学家认为，"袁隆平思路"是水稻史上跨世纪的伟大构想。

袁隆平的新设想，就是要在"三系法"的基础上，推出"二系法亚种间杂交水稻"。袁隆平这样描述它诱人的前景：理论上可比现有杂交稻的产量高30%以上，米质可超过世界上最优良的品种。

袁隆平将自己的设想上报以后，获得了国家的高度重视。从这以后，袁隆平协调和率领全国22个协作单位、数百名科研人员围绕这一课题，开始了杂交水稻的新长征。

每年，袁隆平去海南岛，顶着烈日，亲自到田间考察和进行技术指导。他还赴英国、美国、印度等地讲课和实地考察。

袁隆平有胃病，发作起来，满额头冒汗，但他却从不吱声。他又黑又瘦却自己调侃：我是铁骨人，长不胖的。当袁隆平的手和农民的手握在一起的时候，是分不清科学家和农民手的区别的，一样厚的茧皮，一样的黑。

有的农民见了袁隆平,还这样说:袁教授,你咋晒得比我们还黑呢。

在袁隆平战略设想的指引下,各地纷纷报捷,喜讯频传。全国试种的 50 余万亩"袁氏法"杂交水稻均增产 10% 左右。

袁隆平被国际上称为"中国杂交水稻之父"。

1989 年,全国著名育种专家李登海主持的"玉米良种选育及其推广"科研项目荣获国家星火奖一等奖。

随着登海种业在中小板的上市,李登海这位与世界"杂交水稻之父"袁隆平并称为"南袁北李",被誉为"杂交玉米之父"的专家,第一次被资本市场衡量出身价。

从 1972 年起,李登海一直进行紧凑型玉米杂交种的育种研究,先后选育玉米高产新品种 30 多个,6 次开创和刷新了我国夏玉米的高产纪录。这些新品种获得了大面积的推广,最多时推广种植面积占到全国玉米总种植面积的三分之一。其中,"掖单 13 号"年推广面积曾超过 3000 万亩。

李登海先后有 10 项科研成果获省级以上奖励。其中,1989 年,"玉米良种选育及其推广"获国家星火科技一等奖。

李登海的人生与玉米是不可分割的,他研制出来的杂交玉米品种让玉米的产量达到了世界先进水平,同时,玉米也成就了李登海人生的辉煌。

1985年4月，李登海创办起我国第一个集科研、生产、推广、经营于一体的农业民办科研单位，即莱州市玉米研究所。

李登海经过20多年的攻关探索，先后5次开创和刷新了我国夏玉米的高产纪录，同时开创了小麦、玉米一年两季亩产1576公斤的世界粮食单产最高纪录。他在我国率先确立了紧凑型玉米育种的方向，开创了我国玉米生产上应用紧凑型玉米杂交种的新时代。

李登海先后选育出16个在我国玉米育种上被广泛应用的具有株型紧凑、抗病、抗倒、高配合力等突出优点的骨干自交系，特别是选育出被誉为是我国选育亩产900公斤产量水平的新品种基础自交系478，被我国玉米育种科研单位广泛地利用，先后育成了22个掖单系列玉米杂交种及一大批紧凑型玉米新组合。

从1996年开始，年推广面积达1.3亿亩，每年为国家增产粮食100亿公斤以上，社会效益100亿元以上。

其中，"掖单13号"创造了全国春玉米亩产的最高纪录和世界夏玉米最高纪录。"掖单12号"从1988年开始出口创汇，成为我国唯一连续6年打入国际市场的玉米良种。

同时，中早熟、抗病、高产夏玉米新品种"登海1号"在日本雄本的评比试验中，超过其他几个国家种子公司的品种；中晚熟、紧凑、大穗型玉米杂交种"掖单22号"是目前我国春夏玉米区的高产型玉米新品种。

李登海的成功绝非偶然，他对玉米研究到了痴迷程度，天天都在与时间赛跑。为了延长玉米育种事业的生命周期，一年当两年用，从 1977 年开始，他每年的夏季都在山东育种，每年的冬季再到海南育种，至今已不间断地在海南待了 28 个冬天，也在海南度过了 28 个春节。

在远离家乡、远离亲人的天涯海角，为了事业，连续在外度过 28 个春节，在中国，只有李登海一人能做到。

李登海是个感情极为丰富的人，每每说到春节时不能膝下尽孝、妻儿不能团聚，就黯然神伤。但为了中国的玉米事业，他依然会冲出亲情的包围，毫不迟疑地奔向海南。只是到了每年的大年三十晚上，李登海才会真情流露。他率领远离家乡的育种人，面向北方，高举酒杯，高唱着《三百六十五里路》，祝福亲人平安幸福、吉祥如意，祝福家乡风调雨顺、五谷丰登。

当时的李登海已功成名就，但他依然保持着农民的本色和科学家的勤奋。只要是不出席较为隆重的场合，他都是一身工装，一双黄胶鞋，风来雨去，顶着烈日，拱在玉米地里，专心搞育种。每天早上五六点钟，李登海都会去玉米地里看一看，摸一摸，想一想，然后开始一天的工作。忙碌一天后，晚上 22 时多，他会打着手电再到玉米地里转一圈，听听玉米说话，听听玉米唱歌。应该说，这是李登海一天里心情最愉快的时候，因为玉米在欢笑，他的心也在欢笑。

实施发展高新科技的"863计划"

1985年7月5日,在首都北京,国家科委召开党组会议,研究在振兴和发展农村经济的短平快计划,即"星火计划"的同时,还提出了包括高新技术开发区在内的高新技术发展设想。

宋健明确提出:

> 高技术比短平快更重要,一定要抓好,要搞出个抓高技术的战略。

为了实现科学技术为经济建设服务的战略方针,国家科委设想要制定几个科学技术发展计划,也就是后来的"星火计划""863计划""火炬计划""丰收计划"等等。

"863计划""火炬计划"都是20世纪80年代,由邓小平倡导,与中国的科技体制改革同时制定实施的,但这两个计划又具有不同的特点。

"863计划"主要是一项高新科技计划,是应对如美国"星球大战计划",向高新科技挑战而产生的;"火炬计划"则是科技工作转向经济建设主战场的重要内容,是科技发展的战略决策。

1986年3月3日，一份《关于跟踪研究外国战略性高技术发展的建议》通过非正常渠道呈送到邓小平面前；同时，上面还附着一封措辞简短的信，上面署着王大珩等4位科学家的名字。

邓小平快速地看了这份建议。在建议中，4位科学家认为：

> 对国外的高技术竞争浪潮绝对不能置之不理，应当根据国情选择有限的目标，积极跟踪研究，并尽可能在某些方面得到领先成果，只有这样才能与国外科学界进行对等的交流。为了做到这一点，就应该特别珍惜经多年培养出来的高科技人才，不要轻易散掉或改行。

仅仅两天后的3月5日，邓小平就作出了批示：

> 这个建议十分重要，找些专家和有关负责同志讨论，提出意见，以凭决策。此事宜速作决断，不可拖延。

1986年3月8日，即邓小平批示后的第三天，国务院便召集有关方面的负责人，对王大珩等4位科学家的建议信进行了充分的讨论。会议最后决定，由国家科委主任宋健和国防科学技术工业委员会（简称为国防科工委）主任丁衡高负责组织论证我国高技术发展计划的具体事宜。

接着，国务委员张劲夫邀请4位科学家就信中所提到的有关问题专门做了一次交谈。张劲夫详细听取了4位科学家的意见后，问了一个最关键的问题："这个计划你们预算过没有，大体需要多少钱？"

4位科学家相互看了看，谁都没有先作回答，显得既敏感又迟疑。别看4位科学家谈起科学问题来头头是道，滔滔不绝，但穷惯了也节省惯了的4位科学家一旦真要说起钱来，便一下显得难以启齿、不好意思了。

再说，科研经费是个很难说的数字，说少了，高科技很难搞起来；说多了，说了也等于白说，不但得不到所要的经费，反而连计划也可能告吹。

"说吧，没关系。"张劲夫当然知道4位科学家的心理，便鼓励说，"你们说个基本的数字出来，我好向国务院领导汇报。下一步作经费预算时，也好有个底。"

1986年4月，全国200多名科学家云集北京，讨论研究《高技术研究发展计划纲要》。从1986年3月到8月，国务院先后召开了7次会议，组织专家讨论制定《高技术研究发展计划纲要》。

国务院科技领导小组又用了近半年的时间，组织了124位各个领域的专家，分成12个小组，对《高技术研究发展计划纲要》进行了反复的探讨和论证，最终才形成了《高技术研究发展计划纲要》。

《高技术研究发展计划纲要》从世界高技术发展趋势和中国的需要和实际可能出发，坚持"有限目标，突出重点"的方针，共选入了7个领域的15个主题项目。这7个领域是：生物技术、航天技术、信息技术、激光技术、自动化技术、能源技术、材料技术。

当时，计划的具体事宜由国家科委和国防科工委组织。当时，宋健、吴明瑜分别任国家科委主任、副主任。吴明瑜跟宋健提出，如果制定"863计划"，那涉及计划的基本方针是什么？因为写信的4位科学家都在国防系统，着重从国防角度发展，但国家在当时已经进入了和平建设时期，该以哪个为重点？

吴明瑜就计划提出了"军民结合，以民为主"的建议。他们的意见得到了邓小平的赞成。

1986年8月，国务院常务会议通过了这个《高技术研究发展计划纲要》，邓小平批示说：

> 我建议，可以这样定下来，并立即组织实施。

1986年10月，中央政治局召开扩大会议，批准了"纲要"，并决定拨款100亿。这大大出乎了4位科学家的预料，他们认为当时国家还处于困难时期，而他们提的建议主要是在国防科技上，估计能花几个亿就不错了。

经过充分的论证，我国的《高技术研究发展计划纲要》终于制定出来。《高技术研究发展计划纲要》选择了生物、航天、信息、激光、自动化、能源、材料等7个技术领域的15个主题项目，开始了高技术的攀登。

1986年11月18日，中共中央国务院正式发出了关于《高技术研究发展计划纲要》的通知。

通知中指出，中央认为，当代世界的新技术革命，将对人类社会的经济生活和社会生产产生重大影响。这个计划纲要是经过各方面专家反复论证后制定的，符合当前改革、开放的方针，与我国国情也比较相适应。只要精心组织实施，《高技术研究发展计划纲要》中的任务，有可能在15年左右的时间内顺利完成。

《高技术研究发展计划纲要》希望通过15年的努力，力争达到下列目标：

在几个最重要高技术领域，跟踪国际水平，缩小同国外的差距，并力争在我们有优势的领域有所突破，为本世纪（20世纪）末特别是下世纪初的经济发展和国防安全创造条件；

培养新一代高水平的科技人才；

通过伞形辐射，带动相关方面的科学技术进步；

为下世纪（21世纪）初的经济发展和国防建设奠定比较先进的技术基础，并为高技术本身的发展创造良好的条件；

把阶段性研究成果同其他推广应用计划密切衔接，迅速地转化为生产力，发挥经济效益。

中国的宏伟的高技术研究发展计划，就这样坚定地开始实施了。国务院关于《高技术研究发展计划纲要》通知的正式发出，标志着我国的"863计划"进入实施阶段，也标志着科学家们对中国高新科技发展的争论暂时告一段落。

至此，一个面向21世纪的中国战略性高科技发展计划正式公之于世。

1987年2月，"863计划"由国家科委开始组织实施。这个计划根据王大珩等人提出的建议，采取了制定有限项目实行重点突破的方针，重点选择对国力影响大的战略性项目，强调项目的预研先导性、储备性和带动性，并按照邓小平的指示，实行军民结合、以民为主的原则。

这是一个跟踪国际水平、缩小国内外科学技术水平的差距，在有优势的高技术领域创新，解决国民经济急需重大科技问题的国家高技术发展计划。

由于这个计划建议的提出和邓小平的批示都是在1986年3月进行的，故被命名为"863计划"。这个由科学家和政治家联手推出的名字"863"一下子就叫响了。这就是举世瞩目的"863计划"。

后来，当王大珩谈及包括自己在内的4位科学家对

"863计划"起到的作用时,他这样说:

我们几个人顶多是起了些催化剂的作用,或者说是为"863计划"点了一根火柴。

宋健在《两弹一星元勋传》中这样评价这4位科学家,他写道:

这个催化剂能否正确地发挥作用,关键取决于作用者是否具有敏锐的目光和胆识。

但一个计划不仅仅是在它被制定出来,或者发布出去时就算完成了,它还要经过实践的检验,在实施中得到补充完善。

王大珩说:

"863"作为一个计划,它是在不断探索中不断加以完善的,是在滚动中得到发展的。比如起初我们对海洋领域就没有充分考虑,后来根据世界高新技术的发展趋势,就把它及时地加进去了;比如通讯(通信),我们当初意想不到它在过后的几年会发展得那么迅猛,后5年我们的决策部门审时度势添加了这一项,现在我国通讯(通信)领域的高技术研究和产业化业绩令世人瞩目；航空过去一直游离于高技术研究与发展领域，现在大家达成了共识，航空在我国应有的高技术地位也得到了确立。现在，"863计划"已经和我国国民经济建设的"五年计划"对接起来了，相信它随着时间的推移会发挥出不可估量的深远作用。

在党中央、国务院大力推进科教兴国战略，邓小平关于"科学技术是第一生产力"的科学论断深入人心的形势下，我国高技术研究发展计划"863计划"的实施得到了不断深入。经过"七五"入轨，"八五"攻坚，"九五"拼搏，"863计划"的预期目标于2000年基本完成。

从此，"863计划"作为我国高科技的一面旗帜，引领着中国科技发展的脚步。

1988年，邓小平指出：

> 世界上许多国家都在制定实施高科技发展计划，下个世纪将是高科技的世纪。
>
> 任何时候，中国都必须发展自己的高科技，在世界高科技领域占有一席之地。高科技的发展和成就，反映了一个国家的能力，也是国家兴旺发达的标志。
>
> 现代世界的发展，特别是高科技领域的发

展，一日千里，中国也不能不参与。我们不仅要搞加速器，还要参与其他高科技领域的发展。

各种科技规划出台是与邓小平不断探索的思想分不开的。邓小平的一系列思想为中国的高新科技发展及其产业化指明了道路，指导了"863计划"的制定和实施。

"863计划"是国家发展高技术指令性计划，是靠政府拨款的，但高技术成果还没有实现商品化、产业化。

1988年5月，国务院在总结"中关村电子一条街"经验的基础上，正式批准建立北京市高新技术开发试验区，并施行18条优惠政策。

"中关村电子一条街"的实践，突破了几十年来人们思想观念中的习惯与禁锢，让人们初次领略了高新技术的真正价值和在中国实现高新技术向产业化转移的可能。

这样，创造了一条有中国特色的发展高技术的道路，为"火炬计划"的实施开辟了途径。

实施促进高新技术产业化的"火炬计划"

1988年8月6日,经过全国各有关部门紧张的筹备,在首都北京,第一次"火炬计划"工作会议在国家科委主持下正式召开。

国务委员兼国家科委主任宋健出席会议。国家科委常务副主任李绪鄂宣布,"火炬计划"正式开始实施。会议讨论了《火炬计划纲要》《关于高新技术企业认定条件和标准的暂行规定》等文件。

从此,以促进高新技术向产业转化为宗旨的"火炬计划"正式出台。"火炬计划"是中国高新技术产业的旗帜,指导着中国的高科技产业化道路不断前进。

"火炬计划"的正式推出,受到科研院所、大专院校和广大科技工作者的支持和拥护。中国舰船研究院院长陆建勋说:

> "火炬计划"对于大院大所来说具有深远的意义,是引导我们走向深化改革的第二条创业之路。

"火炬计划"的制定,是中央领导深思熟虑的结果,是面对当时国际国内形势作出的英明决策。

20世纪70年代以来,伴随着微电子、信息、生物、新材料、新能源等高新科学技术的蓬勃发展，出现了机械电子、光电子、办公自动化、电子医疗、新能源、新材料、现代生物制品等高新科技产业。

这些建立在高新科技基础之上的新兴产业同传统产业相比，技术、资金更加密集，产品附加值较高。这些新兴产业的发展，促进了传统产业的改造，带来了产业结构的优化，导致劳动就业和经营管理方式的变化，加剧了国际市场的竞争。

因此，一些发达国家，甚至发展中国家和地区，竞相追逐，不甘落后，使得高新技术产业的竞争成为当今世界经济发展的潮流。

中国面临着同发达国家和新兴工业化国家与地区从经济实力上拉大差距的危险，急需科技产业。

对此，宋健指出：

> 国际间经济竞争、综合国力竞争，实质上是科学技术竞争，是人才、成果的数量和水平的竞争。但是，科技优势只有转化为直接生产力，实现产业化、商品化，才能变为实际的经济优势。否则只能是潜在优势，而且会逐渐过时、丧失、落后。

我国当时已基本上具备了大力发展高新技术产业的条件。我国还具有令许多发展中国家羡慕的科技力量。

但是，我国的科技大军还未能充分发挥作用，相当一部分科技人员工作任务不饱满。

1986年底，党中央、国务院正式批准了"863计划"。在"863计划"中已经着重阐明：

> 要有选择地在几个重要的高新技术领域跟踪世界水平，建立必要的高新技术产业。

1987年10月，党的第十三次全国代表大会提出，为了合理调整和改造产业结构，我们要"以运用先进技术改造和发展我国传统产业为重点，同时注意发展高新技术新兴产业"。

沿海地区和一些中心城市的政府部门对发展高技术、新技术产业的积极性很高，除早期的"深圳科技工业园区"和北京的"电子一条街"外，北京、上海、武汉、南京、天津、广州、兰州、西安、沈阳、长沙和桂林等市都着手制定高新技术产业开发区的总体规划和优惠政策，并开始筹集资金，选定一些有自己特色的高新技术产品项目作为发展高技术产业的起点，为在将来，开发出一大批具有竞争能力的高技术、新技术产品，在我国建立起一批高技术新技术企业，并在若干领域逐步形成高新技术产业打下基础。

1988年初，党中央、国务院作出沿海地区经济发展战略的决定。

1988年8月6日，国家科委主持召开了第一次"火炬计划"工作会议，标志着我国以促进高新技术向产业转化为宗旨的"火炬计划"正式出台。

各省、市地方党委和政府也十分重视"火炬计划"，纷纷将实施"火炬计划"与"科技兴省"、"科技兴市"紧密结合起来，从加强领导、制定政策与规划、筹措资金等方面，进行了全面而具体的安排落实，有力地推动"火炬计划"的实施。

"火炬计划"是实现我国高技术、新技术的商品化、产业化、国际化的一个指导性计划。

宋健指出：

"火炬计划"是一面旗帜，它是引导科技界进入世界经济的一项大政策。

"火炬计划"与"863计划"相衔接，根据国家计划和国内外市场需求，以高新技术产品为龙头，以高新技术成果为依托，以大中型企业、大院大所和高等院校为骨干力量，促进了高新技术产业的形成与发展。

由此，"火炬计划"一出台后，便受到社会各界的热烈欢迎和积极支持。国务院科技、计划、财政、税务、银行、外交、外贸、工商、海关等有关部门共同制定了一系列扶植政策及配套措施，初步形成了一个有利于高新技术产业发展的政策环境。

全面掀起科技体制改革高潮

上海船舶运输科学研究所曾是我国最大的民用船舶运输综合技术研究、试验和开发基地,是全国科研改革起步最早的单位之一。

从1985年起,该所取消了国家拨给的事业经费,努力建设技术经营机制、人才激励机制和自我发展机制,加速科研成果的商品化。

1985年以来,该所取得了一批重大的科研成果,其中有30项达到了国际同类产品的先进水平,有97项分别获得了国家、交通部、上海市颁发的各种奖励,科研成果推广应用率达90%以上。

该所坚持两个文明建设一起抓,先后被评为交通部两个文明建设先进单位、上海市文明单位,有80多人次获得交通部、上海市的各类先进光荣称号。

交通部重庆公路科学研究所系中央在渝科研单位和甲级勘察设计院,成立于1965年5月,1984年和1996年分别作为交通部和国家科委的改革试点单位,进行了科技体制改革的探索工作。

重庆交通科研设计院主要从事公路交通行业的道路、桥梁、隧道、环境保护、交通工程、公路客车、信息技术等领域的科研开发、试验检测、勘察设计、工程咨询、工程监理及施工、产品加工等业务。

从试点的情况来看，参加试点的单位加强了研究所的业务与行政工作的统一指挥；加强了党的建设和职工队伍的思想政治工作，调动了职工的工作积极性；改善了管理，科研工作量大幅度增加，科技成果水平有了很大提高；加强了与社会上的横向联系，促进了科研与生产的结合，使科研成果的推广率大大提高，各单位的工作获得了健康的发展，取得了较好的成绩。

其他各科研单位也都按照国家的要求进行了整顿，建立了必要的规章制度，调整了领导班子，为进一步的改革奠定了基础。

随之而来的是，全国的企业和生产大队都开始搞技术改造，大搞科学试验，先进的科学技术广泛地在工农业中得到应用。

对科研单位实行所长负责制，建立和健全各种技术和经济责任制，逐步扩大科研院所在人、财、物等各方面的自主权，使科研单位成为独立的研究开发实体；改变旧的科研体制下政府管得过多、统得过死，科研单位缺乏自我发展、自我完善和生机活力的状况，提高科研单位面向经济建设主战场，使科研成果转化为生产力的积极性和创造性。

1987年，沈阳、南京、广州、哈尔滨、黄石5个城市被国家"四委一办"批准为全国科技体制改革试点城市，黄石是其中唯一的中等城市。

1987年，当国家科委、国家经委、国家体改委、国防科工委、国务院科技领导小组联合考察组来到黄石，听取了黄石市委书记袁照臣、市长徐子伦等市领导的汇报后，得出的结论是：

黄石改革环境好，完全有条件承担全国科技体制改革试点。

黄石不负众望，科技体制改革试点工作自始至终开展得有声有色。

黄石没有大院大所，当全国都把改革的重心放在国有独立科研机构的时候，黄石却提出了"一体两翼，双向放活"的指导思想，把厂办科研机构放在改革的"主体"位置。

早在1983年，黄石市科委、市经委、市科协三家联合组织了"黄石市微机应用协作网"，举办了为期20天的微机（计算机）技术培训班，培养了第一批信息技术骨干。黄市市委书记等市主要领导亲自参加微机（计算机）技术讲座。

第二年，黄石市成立了市微机（计算机）推广应用领导小组。

黄石市机械局微机（计算机）应用研究室研发的"钟形烧结炉可编程控温系统"，成为黄石成功完成的第一个微机（计算机）应用项目。

1985年,黄石市科委在冶钢召开"黄石市微机(计算机)应用技术鉴定会",有13个项目一次通过鉴定。

同年,全国重点建材企业微机(计算机)应用技术交流会在华新召开。

由于成效突出,1989年5月,国家电子振兴办公室特意选择黄石召开全国微电子技术应用现场会,来自各地的200多名代表及国家有关部门领导参加了会议。黄石市被批准为全国应用电子计算机改造工业窑炉的4个试点地区之一。

黄石市第七次党代会提出了"深化改革、优化结构、教育先行、科技立市"的指导思想,把科技进步放在城市发展的重要位置。

在国家科学技术奖励大会召开之际,黄石市人大常委会通过了市政府制定的《黄石市科技兴市战略纲要》。

黄石市科技兴市领导小组和顾问委员会正式成立,并召开了全市动员大会,使黄石发展步入依靠科技进步的康庄大道。

1989年9月,黄石市人大常委会审议通过了市政府《关于确定10月16日为黄石市科学技术节的议案》。

科技节活动紧贴黄石的发展,实际一年一个主题,连续举办了十余届,极大地调动了广大科技工作者的积极性,增强了全市人民的科技意识和科技素质。

"科技型企业"是黄石市在深化科技体制改革的过程中涌现出来的新事物。

在改革初期，该市的多数企业设备老化、技术落后、产品单一、效益不高。许多企业试图通过不断增加固定资产投入、简单扩大再生产来摆脱这种被动局面，结果反而使高投入、低积累的矛盾日益尖锐。

"把科技体制改革与经济体制改革有机地结合起来"，这是当时关于改革的热门话题。

如何结合？黄石认为这个结合点就是企业。

黄石市里决定把创办"科技型企业"纳入配套改革中来，拟定创办科技型企业的实施意见和评定标准，并从1986年起开始试点工作。

"科技型企业"是以技术进步和科学管理为手段，不断地提高生产力、经济效益和企业职工素质、主要技术经济指标，在同行业中具有先进性的企业。

为了保证这一活动的全面展开，有关部门联合发文，规定申请创办"科技型企业"的工厂向银行申请科技开发专项贷款，经财税部门审定，可用项目投产后新增利税偿还；此外，还规定了对达到"科技型企业"的工厂主要负责人的奖励制度。

政策调动了厂长们的积极性，不仅试点厂家的厂长们对这一活动十分热心，连一些不是试点单位的厂家也主动对照评定条件，提出规划，申请加入创办科技型的企业。

黄石市锻压机床厂抓住引进技术的消化、吸收、翻版这个重要环节来提高企业技术素质，采取"引进软件、开发一片"的高层次引进办法，仅花 4 万美元就引进了 4 个系列、17 种纸品的图纸、技术，消化了两个系列，创新了两种新型产品，产品质量达到国际先进水平。

黄石 20 家试点企业共开发新产品 314 项，平均工业总产值比上年增长 14.1%，利税增长 32.65%，充分显示出了创办"科技型企业"是全面提高企业职工素质、增强企业活力，加速科学技术进入经济建设主战场的有效途径。

黄石市一家区办柠檬酸厂，拿出销售额的 2% 用于技术开发和产品开发，收到的效益至少是投入时的 10 倍。

该厂肯在技术进步上花钱，两年投资 450 万元，对工艺设备进行全面改造，使生产能力由原来的 1000 吨上升到 4000 吨，工艺装备跃居全国同行业先进行列，全员劳动生产率突破了 3 万元。这家工厂被黄石市称为"科技型企业"。

1995 年，国家科委批准在黄石市建立"黄石国家科技成果推广示范基地"，由国家科委、省科委及黄石市有关领导组成示范基地管理委员会。

管委会第一次会议在冶钢召开，通过了示范基地章程、"九五"发展规划和基金管理办法等文件。示范基地办公室一直在正常运作，为国家推广运用科技成果积累了宝贵的经验。

选择示范，集中试点，再在面上推广，成为黄石市推进科技成果向现实生产力转化的成功做法。在此基础上，黄石市开展了一系列科技示范工作。

三、深化发展

- 朱镕基强调,科技实力和人才是衡量一个国家实力的重要标志,是实施可持续发展战略的必要条件。

- 人民大会堂里更是春风扑面,暖意融融。党中央、国务院在此隆重召开国家科学技术奖励大会。

中央要求加快科技体制改革

1992年3月10日至14日,全国科技工作会议在北京开幕。

国家科委主任宋健主持会议,国家科委常务副主任李绪鄂作了题为《高举科学技术是第一生产力的旗帜,深化改革,开创科技工作的新局面》的报告。

会议研究"八五"期间及20世纪90年代科技改革与发展的重大问题,提出总体工作部署,推出实施"攀登计划"。

宋健在会议上强调,20世纪90年代科技体制改革的重点任务是:必须从根本上解决面向经济建设主战场这个问题,建立科技与经济、计划与市场有机结合的机制和体制。宋健还说,对各类科研机构,都要实行政策引导,坚决实行人才分流,拿出三分之一到二分之一的人才,投入经济建设的主战场,开办高技术产业,努力扩大服务范围,开拓广阔天地,促进科技成果商品化、产业化和国际化,到国内外市场的竞争中去求生存、求发展。

宋健还说,高等院校也要分流出相当的力量,进入高新技术产业开发区、经济技术开发区和经济特区,兴建校办产业,这方面要学习北大、清华等校的成功经验。

对于少数机构,包括部分基础性研究机构、重点实验室、社会公益性机构、工程技术研究中心等。宋健指出国家将按照少而精的原则,努力保持一支精干的科学家队伍,在当代科学前沿拼搏,努力有所创新,有所前进。国家将择优给予重点支持,增强经费投入,保障科学事业的发展。

在这次会议上,李鹏发表了《加快科技体制改革促进科技成果转化》的重要讲话。他说:

> (20世纪)90年代,我们要继续坚定不移地执行"经济建设必须依靠科学技术,科技工作必须面向经济建设"的方针。这一提法已经为大家所公认,代表了科技工作的主导方向,要保持长期不变,当然,还要在实践中进一步完善,丰富其内涵。

李鹏还说:

> 前几年,科技体制改革虽然已经取得一定的进展,但现行的科技体制在许多方面仍然束缚着科技事业的发展,进一步深化改革势在必行。改革的核心是科技与经济的结合问题,要把是否有利于解放和发展科技这个第一生产力,作为判断是非、权衡利弊和决定政策的标准。

要大胆实践，大胆试点，加快改革步伐，促进科技事业更快地发展。

就深化科技体制改革的问题，李鹏主要讲了五点：

一是加速科技成果的转化。加速科技成果商品化、产业化，使之从潜在的生产能力转化为现实生产能力，这是经济与科技结合的关键。

二是要做到人尽其才，才尽其用。要求科研机构的聘用制度、工资制度、人事制度都要改革，才能创造出人尽其才、才尽其用的环境和条件。要求引入竞争机制，竞争才能出人才、出成果、出效益。

三是增加科技投入。要求动员全社会共同努力，通过多层次、多渠道筹集资金的办法，提高我国科技投入的总体水平。

四是关于培养科技人才问题。要求注意培养科技成果转化方面的人才，造就一批新型企业家。要求加强青年科技人才的培养。

五是关于办好高新技术产业开发区的问题。开发区的建立和发展，最重要的作用是将高新技术转化为现实生产力，实现产业化。

1993年5月12日，全国科技工作会议再一次在北京召开，会议由国务委员宋健主持。

这次全国科技工作会议是由国务院召开的。会前李鹏总理主持办公会议，专门研究了我国当前科技工作的形势和今后的主要任务。

国务院副总理朱镕基受李鹏的委托，在大会上发表重要讲话。

朱镕基提出，当前科技工作的基本任务是以经济建设为中心，加快科技改革步伐，逐步建立起适应社会主义市场经济发展、符合科技发展规律的新型科技体制和运行机制，充分发挥科技第一生产力的作用，为国民经济登上一个新台阶提供有力的支撑，为下个世纪初把我国建设成科技和经济强国奠定基础。

国家科委副主任朱丽兰在大会上作了报告。

出席这次会议的代表有，各省、自治区、直辖市、计划单列市主管科技工作的副省长、副主席、副市长和科委主任，以及国务院各部委、各直属机构主管科技工作的负责人等。国务院副总理邹家华、李岚清，国务委员陈俊生、司马义·艾买提、彭珮云，国务委员兼国务院秘书长罗干，出席了会议。中共中央政治局候补委员、书记处书记温家宝也出席了会议。

5月14日，江泽民在人民大会堂会见了参加全国科技工作会议的全体代表。江泽民提出，要进一步确立和贯彻邓小平同志关于科学技术是第一生产力的伟大战略思想，加速科技进步，为20世纪90年代乃至下个世纪经济、社会发展提供强大动力。江泽民首先代表党中央对参加会议的代表和全国各条战线的科技工作者所做出的贡献表示热烈的祝贺和感谢。他说，国务院召开这次全国科技工作会议，研究深化科技体制改革、推动科学技术进步的重大问题，非常重要、非常及时，会议开得很好。

江泽民说：

解放和发展科技第一生产力，必须深化科技体制改革和相应的各项配套改革。首先要处理好科技与经济建设相结合的关系。社会主义市场经济体制与科技新体制的建立和结合，将为我国经济与科技的发展注入新的生机和活力。我赞成"稳住一头，放开一片"的方针。"稳住一头，放开一片"这句话所表示的辩证关系，所包含的深刻内涵，是我国科技体制改革成功经验的总结。我们既要稳定和保证重大基础研究、高技术研究，使之持续发展，同时又要调动大批科技力量进入经济建设的主战场，适应社会主义市场经济，推进科技成果的商品化、产业化和国际化。

刘华清、温家宝、宋健、罗干、钱正英等中央领导参加了会见。著名科学家严济慈等也参加了会见。

5月14日下午，全国科技工作会议闭幕。国务委员兼国家科委主任宋健在闭幕式上作了题为《抓住机遇，加快科技改革与发展的步伐》的报告。他说：

20世纪的最后几年，将是我国新旧科技体制实现根本性转变的关键时期。我们要以经济建设为中心，加快科技体制改革的步伐，从体制上、机制上根本扭转科技与经济脱节的状态，为下个世纪初把我国建设成科技、经济强国奠定坚实基础。

会议结束，李鹏发来了贺信，热烈祝贺会议取得圆满成功。

科技法规制定与科教兴国战略

1993年7月2日，中华人民共和国主席令第四号颁布《中华人民共和国科学技术进步法》。

这个法律是由第八届全国人民代表大会常务委员会第二次会议通过的，于1993年10月1日开始实施。

《中华人民共和国科学技术进步法》是新中国成立以来的第一部科技大法。宋健就这部法的实施向记者发表了谈话。

宋健首先指出，这部法是我们共和国历史上第一部科学技术基本法，是推进我国科学技术事业发展的重要法律保障，是社会主义法制建设的新成果。

宋健在谈到制定科技进步法的意义时说，我们在全面系统地总结建国40多年来发展科学技术的历史经验，特别是党的十一届三中全会以来在改革开放和发展的成功经验基础上，制定了指导我国新时期科学技术事业发展的基本法律，确定了我国发展科学技术事业的基本方针、政策、布局和重大措施，明确了新时期推进科技进步的国家责任和社会责任，提出了一系列深化改革、扩大开放、加快发展的法律制度，这对于推进我国科学繁荣、技术进步和经济发展，对于加速社会主义现代化建设具有重大的现实意义和深远的历史意义。

在谈到科技进步法的特点时,宋健归纳为以下几点:一是以经济建设为中心,坚持科学技术是第一生产力的战略思想,着重解决科技成果的商品化、产业化和国际化问题;二是以改革开放为主线,通过立法,全面总结和积极推进科技、经济体制改革的实践;三是抓住主要矛盾,确定当前和今后相当长时期内指导我国科技进步的基本准则和解决科技与经济相结合的重大措施;四是向国际规范靠拢,与国际规范接轨。

宋健就如何实施科技进步法强调指出,中央各部门,各省、自治区、直辖市、计划单列市应当把学习、宣传和贯彻执行科技进步法纳入重要议事日程,把执行科技进步法和当前科技战线深化改革、加快发展的各项任务密切联系起来,特别是要按着"稳住一头,放开一片"的原则,加快人才分流和组织结构调整,深化科技体制改革,推动我国科学技术事业沿着法制的轨道前进。科技主管部门都要抓紧制定配套的行政法规和地方法规,对基本法进行细化、解释和补充,以便实现纲领性与操作性的统一。

1989年12月,江泽民在国家科学技术奖励大会上发表了《推动科技进步是全党全民的历史性任务》的重要讲话。他指出:

> 在现代,科技进步对社会生产力发展越来越具有决定性的作用,并且正在人类社会的各

个领域发生广泛而深刻的影响。我们要坚持把科学技术放在优先发展的战略地位，坚持依靠科技进步来提高经济效益和社会效益。

1991年5月，中国科学技术协会第四次全国代表大会召开，江泽民进一步指出：

> 把经济建设真正转移到依靠科技进步和提高劳动者素质的轨道上来，是十一届三中全会决定的工作重点转移的进一步深化，是把这个转移推到一个更高的阶段，同样具有战略意义。如果说，把全党工作重点转移到以经济建设为中心的轨道上来保证了第一步战略目标的实现，那么，我们把经济建设进一步转移到依靠科技进步和提高劳动者素质的轨道上来，必将保证第二步战略目标的胜利实现，同时将为实现第三步战略目标奠定坚实的基础。

科技和教育优先发展的战略地位，被作为全党的共识进一步确定下来。

1995年，国家"八五"计划即将顺利完成，中央开始着手考虑"九五"计划和2010年远景目标的问题。同年5月，全国科学技术大会召开，提出了实施科教兴国战略的基本国策。

在这次会上,江泽民发表讲话,对实施科教兴国战略的内容、意义和需要把握的重要问题作了全面阐述。

江泽民指出:

> 科教兴国,是指全面落实科学技术是第一生产力的思想,坚持教育为本,把科技和教育摆在经济、社会发展的重要位置,增强国家的科技实力及向现实生产力转化的能力,提高全民族的科技文化素质,把经济建设转移到依靠科技进步和提高劳动者素质的轨道上来,加速实现国家的繁荣强盛。

在这期间,《中华人民共和国科学技术进步法》和《中华人民共和国促进科技成果转化法》先后出台。

3月18日,国家科技领导小组成立暨第一次会议在中南海举行。国家科技领导小组的主要职责是:研究、制定国家科技政策,讨论、决定重要科技任务和项目,协调全国各部门科技工作的关系等。

李鹏任国家科技领导小组组长,温家宝、宋健任副组长,丁衡高、朱光亚、周光召、何椿霖、朱丽兰为小组成员。

1996年3月,八届全国人大四次会议通过的《中华人民共和国国民经济和社会发展"九五"计划和2010年远景目标纲要》,把实施科教兴国战略,确定为今后15

年国民经济和社会发展必须认真贯彻的9条重要方针之一。

1997年1月15日,国家科委印发《"九五"期间科教兴市工作要点》,其主导思想是:

> 确立科教兴市战略在城市经济和社会发展中的主体地位,以加速科技进步和提高劳动者素质为目标,推进两个根本性转变,努力形成与社会主义市场经济体制相适应的经济、科技密切结合,相互促进,共同发展的新机制,促进城市经济、科技、社会协调发展。

"973计划"实施与知识创新工程

1997年6月4日,原国家科技领导小组第三次会议决定要制定和实施《国家重点基础研究发展规划》,加强国家战略目标导向的基础研究工作,随后由科技部组织实施了国家重点基础研究发展计划,即"973计划"。

制定和实施"973计划"是党中央、国务院为实施"科教兴国"和"可持续发展战略",加强基础研究和科技工作作出的重要决策;是实现2010年以至21世纪中叶我国经济、科技和社会发展的宏伟目标,提高科技持续创新能力,迎接新世纪挑战的重要举措。

《国家重点基础研究发展规划》贯彻"统观全局,突出重点,有所为,有所不为"的原则和"大集中,小自由"的精神,在现有基础研究工作部署的基础上,鼓励优秀科学家围绕国家战略目标,在对经济、社会发展有重大影响,能在世界占有一席之地的重点领域,瞄准科学前沿和重大科学问题,与国家自然科学基金、其他科技计划和相关的基础研究工作互相联系,互为补充,注意分工和衔接;体现国家目标,为解决21世纪我国经济和社会发展中重大问题提供有力的科学支撑。

实施"973计划"的战略目标是加强原始性创新,在更深的层面和更广泛的领域解决国家经济与社会发展中的重大科学问题，以提高我国自主创新能力和解决重大问题的能力，为国家未来发展提供科学支撑。

实施"973计划"主要任务包括：一是紧紧围绕农业、能源、信息、资源环境、人口与健康、材料等领域国民经济、社会发展和科技自身发展的重大科学问题，开展多学科综合性研究，提供解决问题的理论依据和科学基础；二是部署相关的、重要的、探索性强的前沿基础研究；三是培养和造就适应21世纪发展需要的高科学素质、有创新能力的优秀人才；四是重点建设一批高水平、能承担国家重点科技任务的科学研究基地，并形成若干跨学科的综合科学研究中心。

"973计划"由科技部负责，会同国家自然科学基金委员会及各有关主管部门共同组织实施。科技部成立专家顾问组，对国家重点基础研究规划的发展战略、政策以及"973计划"项目的立项、评审及组织实施中的重大决策性问题进行咨询、顾问、监督、评议，以保证"973计划"项目立项和管理的科学性与民主性；科技部按相关领域分别组建领域专家咨询组，负责跟踪、了解项目的执行情况，以保证项目的顺利实施。

"973计划"项目实行首席科学家领导下的项目专家组负责制，首席科学家对项目的执行全面负责。项目依托单位负责项目的日常管理，提供项目执行的相关条件保障。

"973计划"项目实行"2+3"的管理模式，即项目执行两年后进行中期评估，重点评估项目的"工作状态"和"研究前景"，围绕项目总体目标，根据"集中目标、突出重点、精干队伍、择优支持"的原则，调整和确定后三年的研究计划；并根据中期评估情况，对有突破前景的重点课题，根据课题的实际需要进行强化支持，从而保证重点工作得到重点支持。

科技部在财政部、国家自然科学基金委员会、教育部、中国科学院、中国工程院等有关部门大力支持下，面向国家重大需求，立足科学前沿，统筹规划，突出重点，"有所为，有所不为"，从战略性、前瞻性、科学性和可行性出发，提炼和选择了一批国民经济、社会和科技自身发展中的重大科学问题，进行了国家重点基础研究的战略部署。自1998年起至2002年，先后启动了132个项目，其中农业领域17项，能源领域15项，信息领域17项，资源环境领域24项，人口与健康领域21项，材料领域19项，重要科学前沿19项。

1997年12月，中国科学院向中央提交了《迎接知识经济时代，建设国家创新体系》的研究报告。

该报告系统地分析了世界知识经济发展态势及其对我国的挑战，提出了建设面向21世纪的我国国家创新体系的思路与新时期中国科学院的战略选择，建议国家组织实施"知识创新工程"。

1998年2月4日，江泽民在《迎接知识经济时代，建设国家创新体系》报告上作出重要批示：

知识经济、创新意识对于我们21世纪的发展至关重要。科学院提出了一些设想，又有一支队伍，我认为可以支持他们搞些试点，先走一步。真正搞出我们自己的创新体系。

1998年6月9日，朱镕基同志主持召开国家科技教育领导小组第一次会议，审议并原则通过了中国科学院《关于"知识创新工程"试点的汇报提纲》，决定由中国科学院作为国家创新体系建设的试点，率先启动知识创新工程试点工作。

知识创新工程试点的总体目标是：到2010年前后，把中国科学院建设成为瞄准国家战略目标和国际科技前沿、具有强大和持续创新能力的国家自然科学和高技术的知识创新中心；成为具有国际先进水平的科学研究基地、培养造就高级科技人才的基地和促进我国高技术产业发展的基地；成为有国际影响的国家科技知识库、科学思想库和科技人才库。

中科院坚持面向国家战略需求和世界科学前沿，主动调整科技布局，前瞻部署创新项目，着力提升科技创新能力，成为我国建设创新型国家名副其实的"排头兵"。

10月12日，中国科学院宣布，组织实施的知识创新工程首批12项试点工作年内全面启动。这12项试点共涉及34个研究所，占中科院研究所总数的三分之一。

这12项试点是：组建上海生命科学研究院；组建数学与系统科学研究院；组建国家天文观测中心；建设北京物质科研基地；建设北京信息科学技术研究发展基地；建设上海高技术研究发展基地；建设东北高性能材料与先进制造技术研究发展基地；建设北京地球科学研究基地；建设西北资源环境与可持续发展研究基地；启动大连化物所、理论物理所和南京地质古生物所单所试点等。

11月17日，中国科学院在人民大会堂举行知识创新工程引进优秀杰出人才座谈会。

中共中央政治局常委、国务院副总理李岚清出席座谈会并讲话。

李岚清指出，中国科学院的知识创新工程试点是党中央、国务院发展跨世纪科技事业的重要决策，这对于留学人员也是很好的机遇，希望已经和即将回国的科研人员与国内培养的人才一起承担起振兴中国科技的重任。

在座谈会上，陈勇、叶其壮、杨长春、彭练矛、梁鑫淼、谭铁牛、傅小兰、裴钢先后发言，介绍了他们的成长过程和科研成果。

李岚清在听取了大家的发言后讲话，高度评价了这些科技优秀杰出人才作出的成绩和贡献。李岚清说，今后将继续实行"支持留学，鼓励回国，来去自由"的出国留学工作方针，欢迎广大留学人员回国工作或以不同方式为祖国的建设服务。

李岚清强调，科技人员必须面向经济建设，面向市场，科研必须以解决现实生活中的问题、开拓需求市场和潜在市场为目标。

中国科学院院长路甬祥和有关部门的负责同志出席了座谈会。

2000年6月14日，在北京召开了中国科学院知识创新工程试点工作座谈会。

中国科学院宣布，中科院从21世纪我国经济社会发展的战略需求出发，凝练科技创新目标，确定了农业高新技术、人口与健康、能源、新材料、信息与自动化等九大领域，在优选战略方向方面初步选定了转基因育种技术、动物克隆及转基因技术等重要研究方向。在院级层次上的知识创新工程近期重大项目共计19项，支持经费总额约1.7亿元。

在体制改革和运行机制转变方面，中科院以建设国家知识创新基地为目标，进行了大范围的体制结构调整，形成了40个研究单位进入知识创新工程试点；推进转制，建立知识创新与高技术产业化的有机结合机制，目前已确定将成都计算所等13个单位作为整体转制的试点单位。

在队伍建设方面，中科院建立了新型用人制度和新型分配制度，凝聚和吸引优秀人才，扩大研究生培养规模，建设创新队伍。

6月25日，李岚清考察了中科院知识创新工程试点工作。李岚清在科技部部长朱丽兰和中科院院长路甬祥的陪同下，首先考察了中科院生命科学园区、遥感应用研究所、物理研究所和数学与系统科学研究院，与中科院有关负责人和科学家进行了座谈。杨乐、王恩哥、冯玉琳等科研院所的负责人分别介绍了所在单位开展知识创新工程试点以来科研工作进展情况，以及科研人员精神面貌所发生的变化。

李岚清指出，知识创新工程试点取得顺利进展和明显成效的情况表明，江泽民同志倡导开展这一试点工作是完全正确的。我们要继续努力，深化改革，为科技创新提供有力支持和良好环境。

9月25日，朱镕基到中国科学院考察知识创新工程。有关部门负责人王春正、盛华仁、陈至立、朱丽兰、刘积斌、楼继伟、李德水以及北京市副市长林文漪等陪同朱镕基考察。

在中科院院长路甬祥的陪同下，朱镕基先后考察了中科院地质与地球物理研究所、遥感应用研究所，并听取了这两个所根据知识创新工程试点要求进行的改革与调整的工作汇报。

在中科院举行的座谈会上，朱镕基听取了路甬祥关于中科院知识创新工程试点启动阶段工作情况和未来10年的发展目标以及全面推进阶段工作部署的汇报，还听取了中科院上海生命科学研究院、中科院半导体研究所关于知识创新工程的汇报。

朱镕基强调，科技实力和人才是衡量一个国家实力的重要标志，是实施可持续发展战略的必要条件。他指出，中国科学院知识创新工程进展顺利，成效明显，意义深远，要继续努力，为全面推进知识创新工程试点奠定坚实基础。

朱镕基对中科院知识创新工程试点启动阶段取得的成绩给予充分肯定。他表示，国务院和国家科教领导小组将继续全力支持中科院知识创新工程试点，希望中科院继续努力，把这项工程进行到底，达到预定目标，争取更大成绩。

中央召开全国技术创新大会

1999年8月23日，北京的金秋，一个中国科技史上具有里程碑意义的盛会，即全国技术创新大会隆重召开。

大会开幕前，江泽民等中央领导同志会见了会议全体代表并同他们合影留念。

党和国家领导人江泽民、李鹏、朱镕基、李瑞环、胡锦涛、尉健行、李岚清等出席大会。

大会由朱镕基主持。

出席这次会议的有各省、自治区、直辖市和新疆生产建设兵团以及计划单列市党委或政府的主要负责人、科技行政部门的负责人，中央和国家机关有关部门、解放军、武警部队负责人，各民主党派、全国工商联、有关人民团体负责人，部分科研院所、高等院校、企业、高新技术开发区及有关方面的代表。

党和国家领导人与来自各方的代表共聚一堂，为发展我国科技事业，为科技创新，全面实施"科教兴国"战略共商大计。

会议的主要任务是部署贯彻落实《中共中央、国务院关于加强技术创新，发展高科技，实现产业化的决定》，进一步实施科教兴国战略，建设国家知识创新体系，加速科技成果向现实生产力转化，提高我国经济的整体素质和综合国力，保证社会主义现代化建设第三步战略目标的顺利实现。

江泽民发表了重要讲话，强调全党同志和全国各族人民都要牢记，全面实施科教兴国战略，大力推动科技进步，加强科技创新，是事关祖国富强和民族振兴的大事；努力在科技进步与创新上取得突破性的进展，赋予全面推进建设中国特色社会主义事业以更大的动力，是全国广大科技工作者和各条战线上的同志的一个伟大战略性任务。我们要切实担负起这个历史责任，在党和政府的领导下，团结一致地向新科技革命进军，向社会主义现代化建设的广度和深度进军。

江泽民最后说：

> 创新精神，是我们民族几千年来生生不息、发展壮大的重要动力。我们要继续发扬这个光荣的传统，瞄准世界科技发展的先进水平，结合我国现代化建设的实际，奋起直追，锐意创新，把我国的科技事业和现代化建设不断推向前进。

代表们围绕江泽民等中央领导的讲话和《中共中央、国务院关于加强技术创新，发展高科技，实现产业化的决定》畅所欲言，认真讨论。

科技部部长朱丽兰、教育部部长陈至立、上海市市长徐匡迪、北京市市长刘淇以及企业家、科学家代表等发表了讲话。

大会发布了《关于加强技术创新，发展高科技，实现产业化的决定》，其中指出：

> 全面优化科技力量布局和科技资源配置，形成有利于技术创新和科技成果转化的体制和机制。推动应用型科研机构和设计单位向企业化转制，对社会公益类科研机构实行分类改革，在中科院实施知识创新工程试点。

李岚清代表党中央、国务院作了报告，对贯彻《中共中央、国务院关于加强技术创新，发展高科技，实现产业化的决定》作了工作部署。

李岚清指出，必须充分认识加强技术创新、加速科技成果产业化的重要性和紧迫性，科技成果只有转化为现实生产力，才能变成经济和社会发展的巨大推动力。

李岚清强调，要加强技术创新和科技成果产业化，走有中国特色的技术跨越发展道路；要深化改革，全面推进技术创新和科技成果产业化；要采取切实措施，营造良好环境，促进技术创新和科技成果产业化任务的落实。

会议期间，代表们认真学习讨论了江泽民在大会开幕时的重要讲话和中央"决定"，交流了工作经验，研究了贯彻落实会议精神的工作。8月26日，为时4天的全国技术创新大会在京闭幕。

李岚清主持当天的会议。

朱镕基、吴邦国、温家宝、罗干、曾庆红、吴仪、周光召、王忠禹、宋健、朱光亚等领导出席了当天的闭幕会。

朱镕基在闭幕会上发表重要讲话。他指出，加强技术创新，发展高科技，实现产业化，直接关系到我国在新的世纪中的国际地位和竞争力，关系到我国社会主义现代化建设的进程，关系到祖国的繁荣富强和中华民族的伟大复兴。

朱镕基强调，各级党委、政府和广大科技工作者要认真学习、深刻领会《中共中央、国务院关于加强技术创新，发展高科技，实现产业化的决定》和江泽民总书记在会议开始时的重要讲话精神，以强烈的历史责任感和紧迫感，锐意进取，扎实工作，把科教兴国战略真正落在实处，以技术创新和高科技发展的新成就迎接新世纪的到来。

朱镕基强调，加强技术创新，关键是要进一步深化改革，建立有利于加速科技进步和创新的体制与机制；特别要积极推进科技体制、教育体制和经济体制的配套改革，从根本上解决科技、教育与经济脱节的问题；最重要的，是建立以企业为中心的技术创新体系，使企业成为技术创新的主体，全面提高企业技术创新能力。

颁发国家科技奖与颁布科技普及法

2001年2月的北京,春天如期而至。

19日上午,人民大会堂里更是春风扑面,暖意融融。党中央、国务院在此隆重召开国家科学技术奖励大会。国家最高科学技术奖、国家自然科学奖、国家技术发明奖、国家科技进步奖、中华人民共和国国际科学技术合作奖五大科技奖同时揭晓并颁奖。

掌声、鲜花、闪光灯……无数人的目光聚焦在当天的科技舞台上。在2612位获奖者中,最引人注目的当属首届国家最高科学技术奖的得主,即中国科学院系统研究所研究员、中国科学院院士吴文俊和湖南杂交水稻研究中心研究员、中国工程院院士袁隆平。

江泽民亲自为两位获奖人士颁发获奖证书,同时,每人获得500万元的高额奖金。

如此高规格的奖励仿佛"一石激起千层浪",不仅搅动着人们对科学家的好奇,更引起人们对大奖的产生以及我国科技奖励制度的关注。

1978年3月,科技工作者们盼望已久的全国科学大会终于召开,会上对7657项科技成果进行了隆重表彰。这是科学春天的号角,标志着科技奖励制度的恢复。

从20世纪80年代中期开始,针对当时我国科技发展以引进先进技术和跟踪国外发展为主的特点，为推动行业的科技进步和科技与经济的紧密结合，鼓励技术引进、消化、吸收和二次创新，1984年，科学技术进步奖设立。该奖项的设立标志着具有中国特色的我国科技奖励体系基本构架已经建立。

为奖励在发展农村经济和乡镇企业中作出创造性贡献的科技成果，1987年，国家科技进步奖中增列"国家星火奖"。

1998年，科技部向国务院提交科技奖励制度改革方案。时任国务院副总理的李岚清提出：应当加大对科技拔尖人才的奖励力度。

在当时，国家科技奖励特等奖的奖金额度为10万至20万元，而1994年在香港注册成立的何梁何利基金奖的最高奖，即科学与技术成就奖的奖金高达100万港币。

1999年，国务院对国家科技奖励制度进行了一次全面的改革，其内容主要有：设立国家最高科学技术奖；完善四大奖，即国家自然科学奖、国家技术发明奖、国家科技进步奖和中华人民共和国国际科学技术合作奖；提高国家科技奖励的奖励力度和授奖标准；成立国家科学技术奖励委员会，对科技奖励进行宏观管理和指导；加强对部门、地方和社会力量设立科技奖励的管理。

时任国家科学技术奖励工作办公室副主任的刘燕美曾表示：

我们期望科技奖励制度改革要能够突出对在一线工作的拔尖人才的奖励，一方面要能够真正改善科学家的个人生活，同时又能支持他继续推进科研事业。因此改革方案规定，国家最高奖500万奖金中50万归个人，450万用于研究。

1999年5月23日，《国家科学技术奖励条例》发布施行，国家最高科学技术奖从此设立。

国家最高科学技术奖授予在当代科学技术前沿取得重大突破，或在科学技术发展中有卓越建树，或在科学技术创新、科学技术成果转化和高技术产业化中创造巨大经济效益或者社会效益的科学技术工作者。每年授予人数不超过两名。

1999年7月23日，国务院办公厅批转《科学技术奖励制度改革方案》。

经过此次改革，我国建立了一套较为科学合理的科技奖励制度及评审体系，科技奖励基本形成了一个"国家科技奖'少而精'、省部级奖和社会力量设奖健康有序发展"的新局面。

从2000年开始，新设立的国家最高科学技术奖提交国务院常务会议讨论，由国务院发布决定，由国家主席签发证书。

国家最高科技奖的诞生有一定的流程：省级政府、

国务院有关部门推荐或最高奖获得者个人推荐，院士、专家对推荐人选进行咨询、打分，国家最高科技奖励评审委员会评选，国家科技奖励委员会审定，科技部核准，报国务院批准，国家主席签署证书，颁发奖金。

为确保公正，国家最高科技奖励评审委员会实施记名投票，每一位评审委员都必须对自己的一票负责，委员必须有三分之二多数通过才算有效。

经国务院批准，同时授予了15项成果国家自然科学奖二等奖，授予23项成果国家技术发明奖二等奖，授予22项成果国家科学技术进步奖一等奖，授予228项成果国家科学技术进步奖二等奖，授予美国科学家潘诺夫斯基和印度科学家库西中华人民共和国国际科学技术合作奖。

自2001年2月19日首批颁发国家最高科学技术奖以来，至2008年，先后有吴文俊、袁隆平、王选、黄昆、金怡濂、刘东生、王永志、叶笃正、吴孟超、李振声、闵恩泽、吴征镒、王忠诚、徐光宪等14位科学家获此殊荣。国家最高科学技术奖在推动技术创新、发展高科技、实现产业化等方面发挥了重大的积极推动作用。

党和国家重奖杰出科学家的重大举措，再一次向全国人民传递一个信息：尊重人才，鼓励创新。

"杂交水稻之父"袁隆平在获得首届国家最高科技奖后说："获奖令我深感荣幸，可我更为国家设立这个大奖的英明举动高兴！"

只有27个字的一句话，道出了科技工作者赞美我国科技奖励制度的心声。

2003年3月，《国家最高科学技术奖获奖人丛书》出版，江泽民亲自为丛书作序。他指出，广泛宣传国家最高科学技术奖获奖者的事迹，对弘扬爱国主义精神，增强全民族的科学意识，激励广大科技人员勇攀科学技术高峰，启迪青少年的创新思维，在全社会形成尊重人才、鼓励创新的良好风尚，有着积极的作用。

2002年6月29日，世界上第一部与科学普及有关的法律，即《中华人民共和国科学技术普及法》颁布实施。

4月26日，在九届全国人大常委会第二十七次全会上，全国人大教科文卫委员会副主任委员朱丽兰作了《科学技术普及法（草案）》的说明。

朱丽兰说，我国加入世贸组织以后，面临着挑战和发展机遇。对我们这样一个人口众多的发展中国家来说，提高全体公民的科学文化素质更具有紧迫性。教科文卫委员会认为，尽快制定科学技术普及法，使我国宪法规定的"国家发展自然科学和社会科学事业，普及科学技术知识"的原则规定，更加具体化、制度化和法律化，把科普工作纳入国家的法制轨道是非常必要的。

《科学技术普及法（草案）》第一条规定了本法的立法宗旨是："为了实施科教兴国和可持续发展战略、加强科学技术普及工作，提高公民的科学文化素质，推动经济发展和社会进步，根据《宪法》和有关法律，制定本法。"

朱丽兰同时对草案中几个问题作了说明。

6月26日，九届全国人大常委会第二十八次会议分组审议了《科学技术普及法（草案）》。时任人大常委会委员长的李鹏参加了审议。

在审议《科学技术普及法（草案）》时，常委会组成人员认为，科教兴国是我国的基本国策，但是现阶段我国全民科学素养普遍偏低，通过科学技术的普及工作，可以提高广大人民的科学文化素质，帮助公民树立科学的世界观和人生观。为此，制定科学技术普及法对促进社会进步、经济发展将会起到重要作用。

《科学技术普及法》经九届全国人大常委会第二十八次会议通过，并经江泽民签署于6月29日颁布施行。

这是一件大事，也是广大科技工作者和科普工作者盼望已久的一件喜事，是科普发展史上的一个里程碑。它充分体现了党和国家对科普工作的高度重视，标志着科普工作纳入了法制化轨道，对于进一步推动科普事业的发展，全面提高公众科学文化素质，推进科教兴国战略和可持续发展战略的实施，促进两个文明建设都具有十分重要的意义。

建设国家科技基础条件平台

2003年,为推动我国科技资源的共享和促进社会公益事业的发展,科学技术部整合了"国家科技基础条件平台建设专项""中央级科研院所科技基础性工作专项""中央级科研院所社会公益研究专项""科技文献信息专项"4个专项的资源,形成了"国家科技基础条件平台工作",以便更好地集成资源、整体布局,保证国家目标的实现。

平台工作分为重点项目和面上项目两类进行管理。重点项目以体现国家目标为原则,以资源整合和共享为重点,以建设较完整的物质和信息支撑系统以及相应的服务平台为目标;面上项目以支撑部门和行业科技发展为主要任务,也具有对重点项目的补充作用。

2003年度平台工作的重大领域包括:大型科学仪器装备与实验基地建设,科技数据共享,自然科技资源共享,科技文献资源建设与共享服务,网络科技环境建设,建立重大领域监测、预警、应急系统的技术支撑,科技基础标准研究七大领域,分别由科技部各相关业务司负责组织项目。

根据平台工作的总体部署,2003年的立项工作紧张有序地进行,科技部于9月25日发布了《关于2003年度国家科技基础条件平台工作项目组织和申报工作的通知》，10月中旬组织了项目申报，10月底各领域完成了重点项目和面上项目的专家评审工作。对重点项目，部内协调小组已进行了会商，项目经费评审工作也已完成。在12月上旬批复立项，年内完成任务书签定和经费下达工作。

在过去相当长一个时期内，由于缺乏国家层面的整体规划，部分科技资源布局分散、重复建设，造成资源的浪费，而一些急需落实的科技资源的开发和建设还处于空白阶段，不同学科或不同研究方向之间科技资源的分布和利用处于不平衡的发展状态。

2003年，有关部门在有限的范围内对科技基础条件的共建共享进行了初步尝试。由中国科技信息研究所、中国科学院图书馆、中国农科院图书馆等8家机构进行的图书情报共享方案的实施，以及8个区域性科学仪器协作共用网的建立，对国家科技基础条件共建共享起到了先导示范作用。

但是，从总体上看，由于我国信息共享规模小，参与单位少，共享的服务能力十分有限，科研设施和数据垄断、科研人员流动性差、缺乏交流导致信息滞留的问题仍很突出。

科技部部长徐冠华在召开的"国家科技基础条件平台建设"部际联席会上说，我国科技基础条件建设的滞后与薄弱，导致战略性研究经常受制于人，国家关键技术的突破难以实现，重大原创性科技成果难以形成。这种局面必须尽快从根本上加以扭转。

2004年7月3日，国务院办公厅转发了科技部、发展改革委、教育部、财政部《2004—2010年国家科技基础条件平台建设纲要》。

2006年12月18日，科技部部长徐冠华在"第二届国家科技基础条件平台建设专家顾问组会议暨国家科技基础条件平台中心揭牌仪式"上指出，搭建具有公益性、基础性、战略性的国家科技基础条件平台是政府的重要职能，对于提高我国自主创新能力和竞争力具有重要战略意义。加强平台建设工作，是贯彻落实《国家中长期科学和技术发展规划纲要》精神的重要举措，体现了政府职能转变的要求和国家科技计划管理改革的精神，有利于实现项目、基地和人才的统筹。

在这次会上，科技部、财政部领导向第二届国家科技基础条件平台建设专家顾问组成员颁发了聘书，新组建的国家科技基础条件平台中心举行了揭牌仪式。

第二届专家顾问组由47名来自国内各大科研院所、高校和企业的知名专家组成，组长由中国科学院院士胡启恒女士担任。

2007年10月16日，国家科技基础条件平台中心举行网站开通仪式。科技部党组成员、副部长刘燕华出席仪式并亲自为网站做点击开通。

胡锦涛提出建设创新型国家战略

2006 年，随着新年的来临，春天的脚步越来越近。

1 月 9 日，新世纪召开的第一次全国科技大会在北京隆重开幕，预示着又一个科技的春天正在向人们招手。

人民大会堂巍峨耸立，无数关切的目光聚焦北京。

胡锦涛、吴邦国、温家宝、贾庆林、曾庆红、黄菊、吴官正、李长春、罗干出席大会。

出席全国科学技术大会的全体代表、2005 年度国家科学技术奖获奖代表、首都科技界代表等共 3000 多人出席大会。

万人大礼堂内华灯齐放，气氛庄严热烈。主席台前花团锦簇，台口上方是"全国科学技术大会"会标，后幕正中高悬的国徽熠熠生辉，两侧分列 10 面鲜艳的红旗。二楼眺台上悬挂着横幅：

坚持以邓小平理论和"三个代表"重要思想为指导，全面落实科学发展观，认真实施国家中长期科学和技术发展规划纲要，为全面建设小康社会努力奋斗！

9 时整，吴邦国宣布大会开幕。全体起立，高唱国歌，雄壮的国歌在万人大礼堂内响起。歌声嘹亮，在场的人无不心潮起伏。

温家宝首先宣读了《国务院关于2005年度国家科学技术奖励的决定》。

接着，胡锦涛向获得2005年度国家科学技术奖的人员颁奖。叶笃正、吴孟超两位专家以杰出的科技成就和崇高的科学品格，获得了中国科技界的最高奖励，即国家最高科学技术奖。

"国务院号召全国科技工作者向叶笃正院士、吴孟超院士和全体获奖者学习"。《国务院关于2005年度国家科学技术奖励的决定》中的这段话，道出了人们对优秀科技工作者的景仰。

欢快的乐曲声中，胡锦涛向叶笃正、吴孟超颁发奖励证书和奖金。随后，胡锦涛紧紧握住他们的手，表示热烈祝贺。

随后，胡锦涛等党和国家领导人分别向获得国家自然科学奖、国家技术发明奖和国家科学技术进步奖的代表颁发奖励证书。

此时，万人大礼堂里响起经久不息的掌声。

随后，胡锦涛走向讲台，发表了题为《坚持走中国特色自主创新道路，为建设创新型国家而努力奋斗》的重要讲话。他说：

这次会议的主要任务是：分析形势，统一

思想，总结经验，明确任务，部署实施《国家中长期科学和技术发展规划纲要（2006—2020)》，动员全党全社会坚持走中国特色自主创新道路，为建设创新型国家而努力奋斗，进一步开创全面建设小康社会、加快推进社会主义现代化的新局面。

胡锦涛指出，党中央、国务院作出的建设创新型国家的决策，是事关社会主义现代化建设全局的重大战略决策。建设创新型国家，核心就是把增强自主创新能力作为发展科学技术的战略基点，走出中国特色自主创新道路，推动科学技术的跨越式发展；就是把增强自主创新能力作为调整产业结构、转变增长方式的中心环节，建设资源节约型、环境友好型社会，推动国民经济又快又好发展；就是把增强自主创新能力作为国家战略，贯穿到现代化建设各个方面，激发全民族创新精神，培养高水平创新人才，形成有利于自主创新的体制机制，大力推进理论创新、制度创新、科技创新，不断巩固和发展中国特色社会主义伟大事业。

胡锦涛强调，为了实现进入创新型国家行列的奋斗目标，要突出抓好以下几个方面的工作：一是要坚持自主创新、重点跨越、支撑发展、引领未来的指导方针，对我国科技发展作出总体部署，把握科技发展的战略重点，努力走中国特色自主创新道路，不断为建设创新型国家奠定坚实基础。二是要坚持把提高自主创新能力摆在全部科技工作的首位，紧紧抓住为经济社会发展服务这一中心任务，着力解决制约经济社会发展的重大科技问题，大幅度提高国家竞争力。三是要深化体制改革，加快推进国家创新体系建设。四是要坚持贯彻尊重劳动、尊重知识、尊重人才、尊重创造的方针，全面实施人才强国战略，积极推进创新团队建设，努力培养一批德才兼备、国际一流的科技尖子人才、国际级科学大师和科技领军人物，特别是要抓紧培养造就一批中青年高级专家。五是要坚持解放思想、实事求是、与时俱进，大力弘扬以爱国主义为核心的民族精神和以改革创新为核心的时代精神，在全社会培育创新意识，倡导创新精神，完善创新机制，发展创新文化；要扩大多种形式的国际和地区科技交流合作，有效利用全球科技资源。

胡锦涛强调，用15年的时间使我国进入创新型国家行列，是一项极其繁重而艰巨的任务，也是一项极其广泛而深刻的社会变革。全党同志特别是各级领导干部务必深刻认识完成这项任务的极端重要性和紧迫性。各级党委、政府和有关部门要加强组织领导，切实把提高自主创新能力作为关系全局的大事抓紧抓好；加强协调配合，加大对自主创新的支持力度；坚持以人为本，让科技发展成果惠及全体人民。

胡锦涛发出号召：

在建设创新型国家的伟大实践中，广大科技工作者应该做自主创新的先锋，做拼搏奉献的楷模，努力创造无愧于时代、无愧于人民的光辉业绩。

胡锦涛最后指出：

建设创新型国家是时代赋予我们的光荣使命，是我们这一代人必须承担的历史责任。全党全国各族人民要统一思想、坚定信心、奋发努力、扎实苦干，坚持走中国特色自主创新道路，以只争朝夕的精神为建设创新型国家而努力奋斗。

胡锦涛高瞻远瞩的重要讲话，引起与会者强烈共鸣，会场上响起一次次热烈的掌声。

温家宝出席了9日下午举行的第二次全体会议，并发表了题为《认真实施科技发展规划纲要，开创我国科技发展的新局面》的重要讲话。

他强调，要贯彻落实科学发展观，以高度的责任感和紧迫感，组织实施好科技发展规划纲要，动员广大科技工作者和社会各方面力量，共同推进我国科技事业的大发展，为建设创新型国家而努力奋斗。

温家宝指出，国务院最近发布的《国家中长期科学和技术发展规划纲要》，是我国进入新世纪新阶段对科学技术发展进行的第一次全面规划，是在社会主义市场经济条件下制定的第一个中长期科技发展规划，是指导未来15年我国科技发展的纲领性文件。

11日下午，全国科学技术大会在北京闭幕。

在这次会上，《国家中长期科学和技术发展规划纲要》为中国尽快成为"世界科技强国"勾画了一条清晰的路线图，"自主创新、重点跨越、支撑发展、引领未来"成为新时期科技发展的指导方针。

同时，国家以此为中心，一批影响国家经济和社会发展的重大专项科研项目启动实施；76项配套政策、实施细则陆续出台。

2007年，党的十七大明确提出"实施知识产权战略"。

2008年6月，《国家知识产权战略纲要》公布，知识产权的创造和保护上升到国家战略的高度，有效地唤起和保护了整个民族的创造性。

2008年7月1日，新修订的《中华人民共和国科技进步法》正式实施，为激励自主创新、建设创新型国家提供了法律保障。

推出科技体制综合改革试点

2008年6月23日,中国科学院第十四次院士大会、中国工程院第九次院士大会在人民大会堂隆重开幕。

党和国家领导人胡锦涛、吴邦国、温家宝、贾庆林、李长春、李克强等出席大会。

大会开幕式由中国工程院院长徐匡迪主持,全国人大常委会副委员长、中科院院长路甬祥致开幕词。包括"两院"在香港的多位院士、中国工程院在台湾的两位院士以及"两院"10位外籍院士在内,共有1182位院士出席盛会。

在热烈的掌声中,胡锦涛发表了重要讲话。他说:

经过长期努力,我国科学技术事业取得了伟大成就,形成了比较完整的学科布局,培养了一支勇于攀登世界科技高峰的优秀科技队伍,部分重要领域的研究开发能力已跻身世界先进行列。但是,我国科技的总体水平同世界先进水平相比仍有较大差距,同我国经济社会发展的要求也有许多不适应的地方,特别是自主创新能力不强,发明专利数量少,关键技术对外依存度高,高新技术产业所占比例较低,企业还没有真正成为技术创新的主体，许多技术研究开发的成果还难以实现产业化，优秀拔尖人才比较少，科技体制机制存在不少弊端。

他强调指出：

坚定不移地实施科教兴国战略和人才强国战略，坚定不移地贯彻经济建设和社会发展必须依靠科学技术、科学技术发展必须面向经济建设和社会发展的方针，制定科技发展的重大政策和配套措施，推进国家创新体系建设，加强基础研究、高技术前沿研究、可持续发展相关研究，加快把知识和技术转化为现实生产力，为我国经济社会发展提供强大的科技支撑，真正使科学技术现代化成为实现中华民族伟大复兴的强大动力。

2009年2月9日，2009年全国科技工作会议在京召开。

中共中央政治局委员、国务委员刘延东出席会议并作了重要讲话。

科技部党组书记李学勇主持会议。

刘延东强调，要坚持科技与经济社会发展相结合，坚持把自主创新作为科技发展的战略基点，坚持改革创新和对外开放，发挥社会主义举国体制优势，加强科技基础建设，突破重大关键技术，调动广大科技人员的积极性和创造性，推动科技事业又好又快发展。

刘延东指出，科技要在应对国际金融危机中发挥重要作用，作出更大贡献。

会议表彰了全国科技管理系统先进集体和先进个人。全国各省、自治区、直辖市、计划单列市、副省级城市科技厅（委）局，中央国务院有关部门科技司，国家高新区，以及部分高校、科研院所、创新型企业和行业协会的负责同志出席了会议。

接着，在6月，国家科技体制综合改革试点城市建设动员大会在南京召开。

经科技部、中科院正式批准，南京成为此时全国唯一一个科技体制综合改革试点城市。

国家科技部党组书记、副部长李学勇在讲话中指出，在南京市开展科技体制综合改革试点，目的就是通过深化科技体制改革，创新体制机制，构建创新体系，营造良好环境，充分释放科教和人才资源的巨大能量，促进科技与经济社会的紧密结合，大幅提升自主创新能力，增强科技对区域经济社会发展的支撑作用。他希望南京市在促进资源整合、促进产学研紧密结合、构建创新公共平台、培养和引进创新创业人才、完善政策环境等方面取得新的突破。

江苏省委常委、常务副省长赵克志希望南京市紧紧抓住这一难得机遇，努力创造具有示范引领意义的改革成果，为全省乃至全国的科技体制综合改革提供有益借鉴。

在会上，下发了《南京市推进国家科技体制综合改革试点城市建设实施方案》《关于充分发挥科技支撑优势，促进经济平稳较快发展的意见》。

这次南京承担国家科技体制综合改革试点任务，对进一步破除体制机制障碍，把科教优势、人才优势尽快转化为创新优势、竞争优势，在应对挑战中开创新局面，在克服困难中实现新发展具有重要意义。

作为全国科技体制综合改革的唯一一块"试验田"，南京打算怎么"耕耘"呢？南京市市长蒋宏坤表示：

南京要达到3个100%，第一是大型企业要100%拥有研发基地，其次，高新技术企业要100%和高效对接，还有就是高新企业要100%拥有自己的专利。

蒋宏坤说，南京的思路是：

以优化科技创新环境为出发点，以建设创新型城市为主线，以促进全社会科技资源高效配置和综合集成为重点，以建立企业为主体、市场为导向、产学研相结合的技术创新体系为突破口，加快推动科技成果向现实生产力转化，为科技转化为现实生产力提供无缝对接的土壤。

蒋宏坤说，既然是改革，就要有突破，在《南京市推进国家科技体制综合改革试点城市建设实施方案》中，南京准备抓六大重点工作，也就是围绕解决科技体制的瓶颈问题，创新"六大机制"，即科技管理统筹协调机制、企业技术开发机制、技术转移机制、科技投入机制、人才激励机制和科学评估机制。

至2009年，我国的科技体制改革已经走过30年漫长的路，科技体制改革实践证明，只有打破旧体制机制的束缚，才能进一步激活科技第一生产力；只有大胆解放思想、不断改革创新，才能使科学的春天百花竞放、春光无限！

随着科技体制改革的不断深化，随着自主创新战略的全面实施，为我国经济社会发展作出重大贡献的广大科技人员，必将在中国特色自主创新道路上书写新的辉煌！

本书主要参考资料

《社会公益类科研机构改革与探索》张彦英主编 地质出版社

《上海科技体制改革与创新》邹荣庚等主编 上海人民出版社

《中国科技体制改革的经济学分析》丁晓良著 科学出版社

《第一生产力与科技体制改革》王清扬等主编 山东人民出版社

《中国科技体制改革若干问题研究》周成奎主编 机械工业出版社

《解放第一生产力：中国科技体制改革》吴波尔等著 广西师范大学出版社

《实践与探索：上海科技体制改革十年回顾》上海科学技术委员会编 上海科学技术文献出版社

《探索、改革、奋进：科技体制改革在大连》张世臣主编 大连海运学院出版社